KB124295

우린 집에 돌아갈 수 없어

나일선 소설집
우린 집에 돌아갈 수 없어

펴낸날   2023년 1월 11일

지은이   나일선
펴낸이   이광호
주간   이근혜
편집   방원경 김필균 이주이 허단 윤소진 유하은
마케팅   이가은 허황 이지현 맹정현
제작   강병석
펴낸곳   ㈜문학과지성사
등록번호   제1993-000098호
주소   04034 서울 마포구 잔다리로7길 18(서교동 377-20)
전화   02)338-7224
팩스   02)323-4180(편집) / 02)338-7221(영업)
대표메일   moonji@moonji.com
저작권 문의 copyright@moonji.com
홈페이지   www.moonji.com

ⓒ 나일선, 2023. Printed in Seoul, Korea
ISBN 978-89-320-4117-9 03810

우린 집에 돌아갈 수 없어

나일선 소설집

문학과지성사

차례

어젯밤 다음 생에 대한 꿈을 꿨어. 타임머신 같은 걸 타고 그곳에 도착했는데, 그 미래의 도시는 누구든 사라지게 할 수 있는 '그들'이 다스리고 있었지. 과거의 사람을 발견하면 그들은 빛을 비춰. 그 빛은 스크린 위에 사람들 모습을 비쳐줘. 과거로부터 미래로 올 때까지의 모습을. 그 모습이 나타나면 과거의 사람은 사라져. 난 두려웠어, 그들에게 잡힐까 봐. 그곳엔 친구가 많았거든. 난 달아났지. 하지만 달아날 때마다 잡혔어. 그들은 내게 이 길을 아느냐 또는 저 길을 아느냐 물었지. 난 모른다고 했어. 그러고 나자 난 사라졌어.

— 아핏차퐁 위라세타쿤, 「엉클 분미」

개들만이 안달루시아에 산다

8 years later

　루이스 부뉴엘에게는 세 가지 시간이 있다. 스페인에서
의 부뉴엘, 멕시코에서의 부뉴엘, 프랑스에서의 부뉴엘. 그
리고 이 세 명은 서로 다른 사람입니다. 1973년 제45회 아카
데미 시상식에서 최우수외국어영화상을 수상한 직후 미국의
영화 비평가 리처드 라우드에게 부뉴엘은 그렇게 말했다. 그
사람이 어디에 있는지가 그의 관점이 되며 결국은 관점이 이
끄는 곳으로 가게 되기 마련이죠. 이미지의 무게는 결국 그
걸 바라보는 사람의 생각의 무게입니다. 논리적 연결에 필요
한 장면일수록 배제하는 편이 좋고 그래야 비합리성이라는
이름으로 닫혀 있는 모든 문을 열 수 있으니까. 내 인생의 야

심을 깨닫기 위해 아무것도 하지 말자. 1945년 워너브러더스와의 계약이 만료되었을 때, 그는 이러한 생각으로 계약을 갱신하지 않았고 리처드 라우드가 미국에서 영화를 만들 생각이 없느냐고 묻자 1945년의 대답을 되풀이했다. 이제 미국에 있을 수 있는 시기를 놓쳐버렸어요. 미국에서 뭔가를 해야 한다면 영화를 찍기보다 보험회사에 다녀야겠다는 생각이 듭니다. 리처드 라우드는 그게 무슨 뜻인지도 모르고 웃음을 터뜨렸다. 부뉴엘은 73세였고 당연한 얘기지만 그날 리처드 라우드의 공식 인터뷰 요청을 거절했다.

리처드 라우드의 『영화 열정』에서 어린 앙리 랑글루아는 극장에서 「몬테크리스토 백작」과 「잔 다르크」를 본 뒤 세 개의 프랑스가 있다고 생각했다. 아버지가 있는 프랑스, 잔 다르크의 배경이 되는 프랑스, 몬테크리스토 백작이 모험을 벌이는 프랑스. 이것은 앙리 랑글루아에게 시간과 공간의 관계, 이미지를 만드는 사람들과 보는 사람들, 내러티브로 가능한 것과 불가능한 것, 비평과 아카이브의 연관성 등을 생각하게 했고 (어째서인지) 영화 필름을 보존해야 한다는 사명감을 갖게 했으며, 실제로 그는 제2차세계대전 시기에도 미친 사람처럼 자신의 화장실에까지 영화 필름을 보관하는 등 아카이빙을 위해서라면 수단과 방법을 가리지 않았다. 선택과 평가는 중요하지 않습니다. 어떤 식으로든 보여주는 것이 가장 중요합니다. 시네마테크는 랑글루아 집 안의 욕조에서 시작되었다.

1977년에 공개된「욕망의 모호한 대상」이후 부뉴엘은 더 이상 영화를 만들지 않았고, 랑글루아는 부뉴엘의 마지막 영화를 보지 못한 채 1977년에 1월 13일에 죽었다. 캐롤 부케와 안젤라 몰리나는「욕망의 모호한 대상」에서 주인공 콘치타를 연기했는데 도대체 무슨 기준으로 두 배우가 번갈아가며 나오는 것인지 아무도 알 수 없었고, 캐롤 부케의 스케줄이 맞지 않아 찍지 못한 장면들을 안젤라 몰리나가 대신 찍었을 뿐이라고 부뉴엘은 얘기했지만 평론가들은 그 말을 곧이곧대로 받아들이지 않았으며, 거기엔 분명 어떤 논리가 담겨 있다, 설명할 순 없지만 없는 건 아니다, 사실 필요한 건 논리가 아니라 우리 인식 체계의 변화다,라고 생각했지만 (부뉴엘 영화에 대해 언제나 그랬듯이) 그럴듯한 해석을 제시하진 못했다.

증명. 대화가 가능한지 알기 위해선 대화해야 한다. 얼마나 높은지 알기 위해선 추락해야 한다. 시차는 언제나 주관적이며 당신의 시차와 우리의 시차는 다릅니다. 그 중간에서 만나야 합니다. 마주 보는 이미지는 서로를 닮는다. 자, 이제 테이블 위를 보세요. 아니, 컵을 보지 말고 컵 안에 든 물을 보세요. 그리고 당신의 머릿속에서 컵과 물을 분리해보세요. 물이 컵 안에 담겨 있지 않다면 어떻게 될지 상상해보세요. 어떻게 되었나요? 컵이 없으면 물이 쏟아질 거라 생각했지만 쏟아지지 않았고, 사실 쏟아질 물이 없었고, 컵이라고 생각했던 것은 접시처럼 평평해졌다. 무엇보다 시선 안에 상상을 담을 만한 공간이 없었고, 진실을 담을 만한 공간은 더더욱 없어서 눈을 감을 수밖에 없었으며 잠시 후, 눈을 떴을 때 부뉴엘은 웃으면서 안젤라 몰리나에게 물었다. 어떤가요? 저게 바로 당신이 연기할 콘치타란 인물입니다. 이해할 수 있나요? 아니 전혀요, 안젤라 몰리나는 대답했다.

부뉴엘은 매일 아침 커피를 마시며 신문에서 가장 쓸데없는 기사를 찾아 메모하거나 의식처럼 서점을 어슬렁거리며 아무 책이나 펼쳐 그 페이지에 나오는 내용을 그날의 길잡이로 삼았다. 벅민스터 풀러는 자신의 책 『우주선 지구호 사용설명서』에서 시너지학에 대해 다음과 같이 설명했다.

시너지에서 끌어낼 수 있는 명제는, 전체의 행동과 최소로 드러난 행동이 나머지 부분의 가치를 알게 해준다는 것이다. 삼각형 세 각의 합은 알고 있으니, 삼각형 여섯 요소 중 세 가지만 알면 나머지를 알 수 있는 것과 같다. 위상기하학은 수없이 많은 사건에 대해서 기본 패턴과 구조적 관계성을 다루는 과학으로, 오일러L. Euler라는 수학자가 발견하고 발전시킨 학문이다. 그는 모든 패턴은 세 가지 기본적인 특징으로 정리된다고 했다. 즉 선, 두 개의 선이 만나거나 같은 선이 스스로 교차하는 점, 그리고 선이 에워싸는 면이 그것이다. 이처럼 더 이상 줄일 수 없는 모든 패턴의 세 가지 특질에 일정한 관계가 있음을 알아냈다. P+A=L+2. 즉, 꼭짓점point과 면area의 수를 더한 값은 항상 선line과 상수 2의 합과 같다. 하나의 면적이 다른 면적과 일치하는 경우가 있다. 다면체의 여러 면이 겹쳐서 보이지 않는다면, 가려진 합동의 면은 공식을 통해 수학적으로 설명해야 한다.°

이 부분에서 책을 덮고 부뉴엘은 카페에서 과카몰리샌드위치를 먹으며 안젤라 몰리나에게 아까 읽은 시너지학에 대해, 간밤에 꾼 꿈에 대해, 신문에서 본 한스 마그누스 엔첸스베르거의 견해에 대해 얘기했다. 그는 텔레비전이 기본적으로 아무것도 아니기 때문에 좋지도 나쁘지도 않지만 텔레비전이 보여주는 삶이 우리의 삶보다 훨씬 흥미롭다는 것을 사람들이 깨닫고 있다는 사실은 문제가 될 수도 있다고 했다. 그 부작용은 아스피린 같은 것으로 어찌할 수 있는 것이 아닙니다. 의사소통의 첫번째 요구 사항은 상호 이해이지만 이해의 부재도 의사소통엔 필요한 법입니다. 부재하는 감각은 언제나 실재하는 감각을 욕망하기 마련이니까요. 텔레비전은 현실과 아무런 관련이 없기에 큰 매력을 갖습니다. 또한 그것은 기본적으로 들여다보면 볼수록 무슨 일이 일어나고 있는지 이해하지 못하게끔 만들어져 있기에 우리를 구속하면 할수록 우리는 구속의 가능성 없인 예측하지 않게 됩니다. 그리고 텔레비전의 가장 중요한 점은 소음을 만들어낸다는 것입니다. 사람들은 소음에 길들여져 있으며 이제 그것 없인 생각할 수 없게 될 것입니다. 그는 무엇보다 테러리즘이 텔레비전에서 작동하는 방식을 봐야 한다고 얘기했다.

근데 제가 무슨 얘기를 하고 있는 거죠? 제 말이 무슨 얘긴지 아시겠습니까? 그럼요, 안젤라 몰리나는 대답했다. 그는 말을 하다 보면 스스로도 무슨 얘기를 하고 있는지 모를 때가 많았다. 영화도 마찬가지죠. 가끔은 제가 영화를 만드는 것이 아니라 영화들이 절 만드는 것 같습니다. 안젤라 몰리나는 부뉴엘의 중언부언 속에서도 말해지지 않은 것들을, 어떤 메시지들을(심지어 아직 찍지도 않은 영화의 장면들까지도) 볼 수 있었고, 콘치타는 사실 인물이 아니죠? 그렇죠? 부뉴엘은 미소 지었다. 그렇게 생각하시는군요. 우리는 같이 불가능한 도형을 그리는 겁니다. 건축은 결국 시각을 만드는 일이야, 건축가였던 안젤라 몰리나의 아버지는 그렇게 말하곤 했다. 우리는 모두 직선의 희생자다. 베른트 부쉬는 『노출된 세계—사진의 지각적 역사』에서 이런 표현을 썼다. 브루넬레스키의 실험 설계가 혁명적이었던 까닭은, 예술적 재현의 생생한 환영을 신중한 기술적, 수학적 조작의 결과로 확립했기 때문이다. 눈, 구멍, 회화, 거울, 외부 세계를 묶는 새로운 조합은 이제 신의 눈이 아니라 관람자의 눈에서 출발한다.°° 브루넬레스키는 우리에게 공간을 바라보는 방법을 제시했습니다. 단순히 건물에 규칙을 적용했다기보다 그 안에 의지를 심었습니다. 신의 시각으로만 가능하다고 여겼던 것들을 인간의 시각으로도 얼마든지 가능하다고 생각하게 만들었습니다. 인식 체계는 경험을 통해 바뀌는 것입니다. 얼마 뒤 그들은 피렌체의 산타마리아델피오레성당을 방문했으며 그다음 주부터 안젤라 몰리나는 콘치타를 연기했다.

모호성의 부족은 전체성의 부족이고 모호함은 즉흥성에서 오지만 그 즉흥성은 정밀한 감각에서 온다. 부뉴엘의 영화는 우리의 인식 체계에 던지는 폭탄이며 던지면 폭발하는 건 폭탄이 아니라 우리가 바라보았던 세계다. 그는 평생 무정부주의자로 살았다. 아나키스트와 테러리즘. 아나키스트와 초현실주의. 꿈꾸는 자들의 현실은 영사되지 않는다. 우리는 폭발 사건을 언제나 관심 있게 보아야 합니다. 거기엔 인간에 대한 많은 얘기가 들어 있기 때문입니다. 영사기사와 아나키스트 들은 같은 꿈을 꾼다. 그들은 죽어서도 묘비를 세우지 않는다. 묘비 앞에서만 우리는 자유로울 수 있다. 「욕망의 모호한 대상」의 마지막이 폭발 장면이라는 사실을 생각해볼 것. 1977년 10월 6일에 이 영화를 상영하고 있던 샌프란시스코의 릿지 시어터Ridge Theatre에서는 폭탄이 터져 필름 통 네 개가 도난당했고 "이번에는 너무 갔어"라는 종류의 모욕적인 낙서가 벽에 씌어져 있었으며 낙서 중 하나에는 미키 마우스,라는 서명이 적혀 있었다.°°° 그 일에 대해 부뉴엘이 어떻게 반응했는지 아무도 알지 못했다.

3:00 am

조엘피터 윗킨이 열여섯 살이 되어 카메라를 손에 넣은 뒤 가장 먼저 떠올렸던 것은 (그의 기억이 정확하다면) 여섯 살 때의 일이었다. 어머니의 손을 잡고 형과 함께 교회에 가는 길이었는데 그곳은 늘 참담할 만큼 지루한 곳이었기에 그는 아침마다 옷장 안에 숨거나, 방바닥을 굴러다니며 아픈 척을 해보았지만 곧 부질없는 짓임을 깨달았다. 우리에게 필요한 건 신의 은총이다, 누군가 너를 부르는 소리가 들리지 않느냐, 우리는 그 목소리에 응답해야만 한다, 어머니는 침대 밑에 있는 조엘을 끄집어내며 그렇게 말했고 심지어 거실에서 기절한 척하고 있는 그를 업고 예배를 보러 가기도 했다. 조엘은 자신도 모르는 사이 체념을 배웠고, 이제 될 대로 되라, 하는 마음으로 눈을 감은 채 걸으며 끝나고 집에 가면서 먹을 바닐라아이스크림의 맛을 생각하고 있었다. 조엘은 종종 눈을 감아버림으로써 현실과 자신을 분리시킬 수 있었고, 눈을 감겠다고 마음먹으면 옆에서 누가 소리를 질러대도 절대 뜨지 않을 수 있었지만 그날은 여자의 날카로운 비명 소리에 눈을 떴고, 어머니의 손을 놓은 채 비탈길에 멈춰 매캐한 연기 사이로 뒤집어진 자동차를 보았다. 조엘은 눈을 뜨고도 한동안 무슨 일이 벌어지고 있는지, 발밑으로 굴러온 것이 무엇인지 깨닫지 못했다. 꿈은 언제나 나보다도 살아 있어. 그것은 여자아이의 머리였고 그 눈은 자신을 바라보고 있었다. 내 꿈은 왜 항상 흑백일까. 손대지 마 조엘! 어머니가 비명을 질렀지만 조엘은 아랑곳하지 않았다. 눈을 뜨고 있잖아. 날 보고 있는 거야. 어머니가 재빨리 조엘을 그 머리로부터 떼어놓은 순간 그는 그녀에 대한 적개심까지 느꼈음을 고백했다. 저는 그 머리를 만져봤어야 했다고 생각합니다. 눈을 똑바로 쳐다보며 얼굴을 만져봤어야 했는데 그러지 못했다는 것이 후회가 됩니다. 조엘은 자신이 죽음과 눈을 마주쳤다는 사실을 오랫동안 잊지 못했다. 열여섯 살이 되어 사진을 찍기 시작했을 때, 무엇보다 찍고 싶었던 건 바로 죽음의 시선이었다. 죽음은 삶을 전환시킬 수 있는 하나의 형태이며 인간은 그 전환을 위해 살아가는 것이다, 죽음이 저를 어떻게 변형시킬지 궁금합니다. 그래서 저는 그것을 손꼽아 기다리고 있습니다. 조엘은 그렇게 말했다.

부뉴엘도 어린 시절 아버지와 함께 길을 걷다가 당나귀의 시체를 보았던 기억을 떠올렸다. 무엇에 치인 것인지 당나귀는 처참하게 찢겨 있었고 내장은 밖으로 삐져나와 있었으며 엄지손가락만 한 파리들만이 그 위를 날아다니고 있었다. 사라고사에서만 가능한 죽음이군. 그 이미지가, 무엇보다 코를 찌르던 죽음의 냄새가 어린 부뉴엘에게 각인되었으며 그때부터 그는 부패하는 것들을 유심히 바라보게 되었다. 죽음엔 역겨움과 아름다움이 동시에 담겨 있다는 걸 비슷한 시기에 깨달았다는 사실이 조엘과 부뉴엘에게 어떤 유대감을 갖게 했는지 어땠는지는 알 수 없지만 그날 그들은 꽤 오랜 시간 얘기를 나눌 수 있었다.

　루이스 부뉴엘이 평생 천착한 주제는 크게 세 가지로 나눠볼 수 있다. 계급과 종교 그리고 욕망 혹은 무의식. 그 세 가지를 합치면 영화가 되지요. 그는 말했고 그때까지도 조엘은 앨버커키의 허름한 극장에서 시가를 뻑뻑 피우며 영화를 보던 늙은이가 부뉴엘이라는 사실을 깨닫지 못했으며 자신을 소개하며 저는 영화를 만듭니다,라고 말했을 때도 그가 자기 눈앞에서 커피를 마시며 자신의 사진을 본 적이 있다고 말할 거라곤 생각하지 않았다. 영화는 언제나 삶을 배반하고 우리가 알고 있는 정상의 이미지라는 것은 잘못되었다. 무신론자의 카메라는 언제나 형태 바깥을 본다. 형태만이 언제나 진지해 보여. 내가 셔터를 누를 때마다 전부 꿈으로 변하고 있어. 텍사스 육군의 사진반에 징집되어 자살한 사람들과 폭탄을 맞아 도무지 이것이 인간인지 뭔지 구분할 수도 없을 만큼 훼손된 시체들의 사진을 찍으러 돌아다녔을 때도 조엘은 그런 생각을 했고. 이것은 체험된 일인가, 아니면 내 카메라가 이것들을 비현실로 만드는 것일까. 그것은 공포도 아니었고 환멸도 아니었으며 그 감정이 뭔지 자신도 몰랐기에 그는 카메라를 든 채 날카로운 햇빛 아래 산산조각 난 몸뚱이들을 몇 시간 동안이나 바라보고 있을 수 있었다. 내가 하는 일은 죽음이어야 해. 그게 아니면 아무런 의미가 없을 거야. 누군가가 조엘의 이름을 부를 때까지 그는 언제까지고 거기서 있었다.

「트리스타나」가 생각나요. 트리스타나가 꿈에서 종탑에 걸려 있는 로페의 머리를 보는 장면 말입니다. 영화의 마지막에도 잘린 로페의 머리를 보여주는 이미지가 반복되죠. 종교가 지배적이었던 시절에는 모든 사람이 종소리를 들으며 생활했습니다. 그 소리를 들으며 참회하기도 하고 지금 자신이 어디에 서 있는지 깨닫기도 했습니다. 하루의 시작과 끝을 알리는 상징이자 좌표였다고 할 수 있죠. 그러나 지금은 달라졌어요. 사람들은 미사의 종소리에 저항하기 시작했고 종소리가 자신들의 잠을 방해한다고 여기지요. 영화 초반부에 종지기가 트리스타나에게 말하죠. 그 대사를 생각하면 잘린 머리의 이미지가 더욱 의미심장하게 느껴집니다.「트리스타나」를 만들었던 이유는 페르난도 레이의 잘린 머리와 카트린 드뇌브의 잘린 다리를 보여주기 위해서였습니다. 가능하다면 저는 언제나 신체의 일부분을 잘라내고 싶습니다. 그게 무슨 뜻인가요. 말 그대로입니다. 이 말 뒤에 다른 뜻은 없습니다. 피우시겠습니까? 부뉴엘은 조엘에게 포장도 뜯지 않은 시가를 내밀며 말했다. 하나면 된다고 조엘은 말했지만 그는 시가를 박스째 건네주었다. 부뉴엘의 개인 창고에는 수십 종의 리볼버와 소총이, 늘 앉아서 시나리오를 쓰던 책상 위에는 여러 종류의 시가와 마티니 잔이, 서재에는 수천 권의 책이 가득했다. 이제 더 이상 꿈을 해석하고 싶은 생각이 들지 않아요. 전부 지워지고 있습니다. 처분할 때가 온 것 같아요. 흡연과 사격은 근본적으로 같은 거죠. 조엘은 그 말을 당장은 이해하지 못했다. 몸의 일부분을 잘라야 한다면 어디를 자르시겠습니까, 갑자기 부뉴엘이 물었다. 글쎄요, 생각해본 적이 없군요. 그는 잠시 자신의 몸을 내려다보다가 같은 질문을 부뉴엘에게 던졌다. 저라면 손가락을 자르겠습니다. 그러면 방아쇠를 당길 수 없을 테니까요. 꿈을 계속 꾸는 건 일종의 병입니다. 그런 사람들이 자신의 몸을 잘라내죠. 어떤 의미인지 아시죠? 글쎄 저는 잘 모르겠군요, 그는 모르고 싶었고 시가를 하나 꺼내 라이터로 불을 붙였다. 저는 이제 카메라를 믿을 수가 없습니다. 이걸 피우니 어쩐지 가라앉고 있다는 느낌이 드는군요. 더 필요한가요? 부뉴엘은 그에게 발밑에 있던 낡은 서류 가방을 건넸다. 그는 고개를 저었지만 가방을 받았다. 원하시면 다 가져가시죠. 많이 있으니까. 가방을 받으니 조엘은 그가 곧 사라져버릴지도 모르겠다는 생각이 들었다. 우리는 다른 공간에 존재하기 위해 소음을 사용했지. 이제 어디로 가시나요? 멕시코로 갑니다. 풍경에 묻히기엔 그만한 곳이 없으니까. 조엘은 뭐라도 해야 할 것 같다는 생각이 들어 그에게 손을 내밀었다. 그들은 오랜 친구처럼 웃으며 악수했다. 그게 도움이 되었으면 좋겠군요. 부뉴엘은 서류 가방을 가리키며 말했다. 나중에 알게 된 사실이지만 그 가방 안에는 부뉴엘이 아끼던 루거 권총이 들어 있었다.

조엘은 어째서인지 텍사스 육군 사진반 시절 폭탄으로 오른쪽 무릎 밑이 날아간 동료 병사 에릭 짐머만을(정확히는 그의 미소를) 떠올렸다. 아포템노필리아Apotemnophilia, 책에서 그것에 대한 내용을 읽은 것은 훨씬 나중의 일이었지, 몸의 일부가 절단된 상태에 안정감을 느끼는 사람들은 운동 기구에 자신의 다리를 뭉개거나 샷건, 전기톱, 프레스기, 나무분쇄기, 드라이아이스, 베히슈타인 피아노(어떻게?), 언더우드 타자기(?) 등을 이용하여 자신의 신체를 제거했고, 에릭의 표정은 신체의 결핍이 자유와 해방을 가져다줄 수도 있다는 사실을 그에게 가르쳐주었다. 넌 절대 알 수 없을 거야. 이게 어떤 기분인지. 난 비로소 완벽해진 것 같다는 생각이 들어. 복무를 마친 후에도 그는 종종 에릭의 소식을 들었고 가끔 통화하기도 했으며 앨버커키에 있는 그의 집에도 찾아가겠다고 약속했지만 그게 진짜 약속이었는지 다른 무엇이었는지 알 수 없었으며, 갑자기 그는 그동안 자신의 삶이 너무 많은 변명으로 구성되어 있다는 느낌만이 들었다. 그날 저녁 그는 집 안을 뒤져 짐머만의 사진을 찾아냈고(그 사진은 이젠 더 이상 읽지 않는 조르주 심농의 책 사이에 끼워져 있었으며 사진 속의 그는 웃고 있었다) 어째서인지 에릭이 잘 살고 있다는 소식을 듣기만 하면 앞으로 자신의 삶도 큰 문제가 없으리라는 예감이 들어 수소문 끝에 그의 연락처를 알아냈다.

목소리가 이젠 생각나지 않고 그러고 보니 들은 적이 있었나, 그가 말을 한 적이 있었나 생각할수록 없었던 것 같고, 그의 미소가 그의 언어다. 언어는 태어나는 것이고 그가 미소 지으면 뭔가가 태어났으니까, 그래서 그가 거기 있을까, 거기 있다고 내가 들을 수 있을까, 완전한 언어라는 것은 결국 죽은 언어고 근데 누가 누구를 찾고 있는 건지, 누가 누구의 목소리가 되려고 하는 건지, 에릭이 자신을 잊었을지도 모르며 기억한다 해도 무슨 말을 하면 좋을지, 할 수 있을지 알 수 없었고. 왜 이제 전화하는 거예요? 거기 어디예요? 여자의 목소리가 말했다. 뭐라고요? 그게 누구죠? 에릭 짐머만, 균형에 패배한 사람 말입니다. 여자가 말이 없자 자신이 뭔가 잘못을 저지르고 있다는 생각이 들었지만 그렇다고 전화를 끊을 순 없었지. 우리는 모두 균형에 실패한 사람들이에요. 그렇지 않다면 당신이 이런 시간에 전화할 이유도 없었을 테니까. 모든 것은 말해지는 순간 끝나게 되는 법이지. 그러니 이젠 말해야 해. 균형을 깨뜨리지 못하는 것들은 아무런 의미도 없어요. 아시죠? 그럼요. 저도 그런 생각입니다. 거긴 지금 어딘가요? 전 집에 있습니다. 아니, 그런 걸 물어보는 게 아니잖아요, 아무튼 좋아요, 잘 들으세요, 문제가 점점 심각해지고 있어요. 어떤 문제인가요. 적으시겠어요? 종이랑 펜 있나요? 종이도 펜도 있고 권총도 있지요. 그는 왜 그렇게 말했는지 스스로도 알 수 없었다. 외무부 장관처럼 굴지 말아요. 더 이상 어리석을 시간이 없어요. 뭐라고요? 그게 뭐죠? 사샤 기트리의 말을 기억하세요! 당신이 방금 들은 협주곡은 볼프강 아마데우스 모차르트의 작품이다. 그리고 협주곡 뒤에 이어진 침묵 또한 모차르트의 작품이다. 침묵에 대한 이야기인가요? 아뇨, 이건 믿음에 대한 말이에요. 적을 준비 됐어요? 충분히 상상할 수 있으신가요? 그런 게 상상이 될 수도 있나요? 그럼요, 그는 대답했고 펜을 든 채 아주 미세한 소리도 놓치지 않기 위해 귀를 기울였다.

　루이스 부뉴엘은 오래전부터 노트에 죽은 친구들의 이름을 썼다. 그가 한 번이라도 인간적인 교류를 나눴던 남자와 여자의 이름을 알파벳 순서로 적었고, 초현실주의 모임의 회원들은 빨간 십자가로 표시했다. 그는 자주 이름만이 빼곡하게 적힌 작은 노트를 들춰보았고 소리 내어 읽어보기도 했다. 만 레이, 세르게이 예이젠시테인, 앙드레 브르통, 로베르 데스노스, 어떤 해엔 한꺼번에 많은 이름을 적어야 할 때도 있었다. 그는 멕시코시티의 호텔 방에서 간경변으로 죽었다. 1983년 7월 29일의 일이었고 그의 나이 83세였다. 그는 누군가 자신의 꿈을 엿보거나 훔쳐 갈지도 모른다며 언제나 혼자 잠을 잤기에 죽은 뒤에도 당장은 그가 죽었는지 아무도 알지 못했으며 그저 평소보다 긴 꿈을 꾸고 있다고 여겼다. 나중에 호텔 직원이 발견한 작은 노트에는 여러 이름과 함께 루이스 부뉴엘 자신의 이름이 있었고(빨간 십자가 표시는 없었다) 그 밑엔 이렇게 적혀 있었다.

Desire! This is not me. I'm already there.

시신은 화장되었다. 부인 잔은 끝까지 부뉴엘의 유해가 어디에 뿌려졌는지 밝히지 않았고 그것을 말하지 않는 한 그가 여기저기 존재할 수 있을 거라 믿었다. 그 믿음은 그녀를 강하게 만들었다.

말을 버리고 삶을 되찾자. 아니 그 반대 아닌가. 삶을 버리고 말을 되찾자. 아침에 바버라가 컵을 깼을 때도 조엘은 꿈을 생각하고 있었다. 순간 꿈에서 본 늙은이가 부뉴엘일지도 모르겠다는 생각이 들었다. 꿈에서 만났다는 건 꿈을 꿨다는 뜻이군요. 늙은이는 자꾸만 자신이 쓴 걸 보여주려 했고(그건 아마 삶이었던 것 같다. 아니면 무질서였을까, 무질서?) 그가 노트를 받아 들자 그것은 총으로 변했다(그건 아마 미래였을까? 이해? 어쩌면 죄책감?). 총은 흐물거렸고 방아쇠를 당기자 늙은이는 소리도 없이 꼬꾸라졌지. 시체를 묻을 만한 장소를 찾아다녔다. 난 산보다 바다가 좋아. 죽은 늙은이가 중얼거렸고, 조용히 해! 여기 바다가 어디 있어? '죽음'을 찍거나 발명하라! 텍사스에서는 언제나 죽은 사람이 우선이었다. 죽은 사람들은 죽었거나 인정사정없이 군다. 당신의 생각만으로 삶을 지탱하라! 입 닥쳐! 아무 데나 갖다 버리기 전에. 시선보다 끔찍한 것은 무엇인가. 이미지 없인 생각할 수 없다면, 생각 없인 살아갈 수 없다면. 죽음은 속력인가 아니면 시간인가. 갑자기 사라져버린다면. 그게 무슨 말이지. 사라진다는 게 뭐지. 나는 이제 모르겠어. 했던 말을 또하고 비가 온다고 해도 익숙해질 수 없고 떠날 수 있다고 해도 지속될 수 없다면 작년은 곧 오늘이다. 내가 기억하지 못하기 때문에 그것은 했던 말이 아니고 말도 아니다. 빌어먹을 늙은이. 날더러 어쩌라는 거야. 결국은 베리만이 말했던 것과 같다. 당신이 보여주고 싶은 이미지와 당신이 보여주는 이미지는 결코 똑같은 것이 될 수 없다는 것을 기억하십시오! 보이는 것은 언제나 전부다. 우린 이제 진짜 죽음을 위해서 산다.

꿈을 꿨다는 건 아직 믿고 있다는 뜻이군요. 바버라와 함께 식사를 하고 자신의 책상에 앉아 온전한 손가락들을 천천히 바라보았는데 어째서인지 그것은 끔찍해 보였고 오래전 멕시코로 떠나기 전 부뉴엘이 자기에게 주었던 서류 가방이 생각났다. 그 안에는 시가 케이스와 꿈을 여는 열쇠, 루거 권총, 그리고 스페인어로 타이핑된 원고가 있었지. 무슨 내용인지 궁금했지만 끝내 번역해보진 않았다. 번역이 무슨 의미가 있나, 그건 가능성을 죽이는 일이야. 대신 읽지도 못하는 원고 더미에 귀를 대보았다. 진실은 타자기에게 맡기고 손으로는 방아쇠를 당겨라. 귀를 기울일수록 질문은 더욱 생생해진다.

바버라는 똑같은 질문을 반복하거나 했던 질문을 다른

방식으로 했다. 바버라는 조엘이 아직 살아 있는 사람이라는 사실을 그에게 인식시키려 노력했고 그런 질문들이 바버라에겐 희망일까. 희망? 가능성? 그건 어디서 가져온 거예요? 루거 권총을 만지작거리고 있는 그에게 바버라가 물었다. 그는 잘 모르겠다고 했다. 꿈에서 가져온 거 같아. 그런 얘기 좋아하시나요, 조엘이 물으면 부뉴엘은 대답했지, 꿈은 좋아하거나 싫어할 수 있는 게 아니야. 꿈은 계속되는 거야. 이젠 아무것도 기억에 없어. 약을 먹었는지도. 방금까지 생각이 어디에 있었는지도. 바버라는 그의 손에서 루거 권총을 가로챈 뒤 이제 그의 나이를 묻고 있었다. 나이라니. 지금이 몇 년도인데? 총을 보면 우리는 총소리를 기대한다. 문득 「부르주아의 은밀한 매력」에서 페르난도 레이가 자신을 암살하러 온 여자를 쫓아내는 장면에서 쓰인 권총이 바로 이것이라는 생각이 들었다. 그는 많은 것을 잊었지만 그런 것은 기억했다. 실제 그 총은 「안달루시아의 개」가 상영된 후 분개한 부르주아들에게 맞아 죽을까 봐 부뉴엘이 외출할 때마다 바지 뒷주머니에 찔러 넣고 다니던 것이기도 했다.

In Spring

그는 영원을 그가 본 적 없는 영화라고 생각했다. 이미지는 아무것도 아닙니다. 그냥 찌꺼기일 뿐이야. 우리는 과거로부터 아무것도 배울 수 없으며 이제 과거로 돌아갈 것입니다. 영화는 꿈의 번역이며 이 글은 그 번역의 번역이다. 혁명만이 우리를 배신할 수 있고 이제 나는 모든 것을 잊을 수 있습니다. 풍경들이 사람을 만들고 사람이 없을수록 풍경은 더욱 분명하게 재생된다. 게슈탈트 이미지. 우리는 희미함의 증인일 뿐이야. El mar me va a matar! 침묵은 항상 큰 도시에서 싸운다. 주인공이 바다를 보는 장면. Le silence est toujours un combat dans une grande ville. 세상은 오래되었고 우리는 왜곡되었습니다. 때때로 우둔함은 우리의 나태함 덕에 진실이 될 기회를 얻었다. Le monde est vieux et nous sommes déformés. 카메라로 더럽혀진 풍경. 이제 더 이상 그 장면에 너는 없어. 거짓된 약속. 탈출. 반복되는 메모. 쓰레기들. 그다음 질문. 모르겠다. 질문. Bio slepcu. 생각이 없다. morituri te salutant. 언제나 그 안에 내가 있다.

○   벅민스터 풀러, 『우주선 지구호 사용설명서』, 이나경 옮김, 열화당, 2018, pp. 76~77.

○○   프리드리히 키틀러, 『광학적 미디어: 1999년 베를린 강의—예술, 기술, 전쟁』, 윤원화 옮김, 현실문화, 2011, pp. 91~92.

○○○   루이스 부뉴엘, 『루이스 부뉴엘—마지막 숨결』, 이윤영 옮김, 을유문화사, 2021, p. 485.

남국재견에서

我, 记忆, 未来

미래의 이야기는 미래가 필요 없는 이야기다. 이야기가
필요 없는 곳이 미래가 될 것이고 그런 미래는 이야기 안에
서만 가능하다. 근데 그건 어떤 이야기일까. 일단 모든 관계
에서 벗어나. 그 어떤 인과관계도 없는 인간관계. 그런 게 가
능한가. 나는 뭔가 질문하고 싶었지만 하지 못했고 질문은
주로 그가 했으며 나를 먼저 알아보고 말을 건 것도 그였는
데 생각해보면 이상한 일이었다. 사실 보다가 중간에 잤어요,
나도 영화의 중반부쯤 잠이 들었기 때문에 우리는 그것에 대
해 얘기했다. 그는 우리가 똑같은 부분에서 잠이 들었다는
것에 신기해했고 아직도 잠이 덜 깬 것 같다, 니코틴과 커피

없이는 머리가 돌아가질 않는다, 살아본 적 없지만 1980년
대처럼 극장에서 담배를 피울 수 있으면 좋겠다고, 나는 중
간중간 고개를 끄덕이며 우리가 어디서 만났었는지 기억해
내려 애썼는데 혹은 어떻게 멀어졌는지를, 어디서 가져왔는
지도 기억나지 않는 라이터, 그게 나보다 기억에 더 가깝고
전혀 생각나는 게 없었기에 그 말을 믿었지, 사실 말을 믿는
다기보다는 그 표정을, 저런 표정만 있다면 기억 같은 건 필
요 없어, 기억이 필요하다면 그건 언제나 불완전한 것, 기억
과 믿음은 아무런 상관이 없고 아마도 중요한 게 있다면 말
그 자체일 거야, 어쩌면 그 말은 무언가의 인용일지도 몰라,
인용은 언제나 내가 모르는 곳에서 오니까, 당신은 저에게서
무엇을 보시나요? 영화 속 여주인공은 만나는 사람마다 같은
질문을 하는데 그 의미를 알아채는 사람은 아무도 없고 주인
공을 그림자처럼 따라다니던 남자만이 그 질문에 대해 여자
의 머리를 가리키며 그것은 당신이 무엇을 생각하느냐에 달
려 있지요, 대답한다. 버스 안의 사람들은 모두 슬퍼 보여요.
그건 당신이 그렇게 생각하고 있기 때문이에요. 전 아무것도
생각하고 있지 않아요. 그건 당신이 그렇게 믿고 있기 때문
이에요. 저는 아무것도 믿지 않는데요. 믿음은 생각에서 오
지 않고 시각에서부터 오는 거예요. 바라보는 것만으로 우리
가 우리의 세계를 만들 수 있다면. 남자가 갑자기 코트 안주

머니에서 모리스 블랑쇼를 꺼내 낭독하기 시작하자 여자의 눈은 서서히 감기고 그 장면을 보던 그와 나의 눈도 감겼으며 우리는 각자의 꿈속으로 들어갔다.

　나는 어두운 영화관에서 영화를 보며 자는 것은 어떤 종류의 영화관에서도 행복한 체험이라고 믿고 있다. 세상에는 불면증에 시달리고 있는 사람이 적지 않으므로 어두운 영화관에서 영화를 보며 잠에 떨어지는 것은 축하할 만한 일일 것이다. 스크린 위의 영상과 음향이 내 대신에 꿈을 꾸어주고 나는 꿈조차 꾸지 않고 숙면을 취하는 그런 이상적인 잠을 탐낼 수도 있다. 혹은 어떤 작품을 상영하더라도 작품의 변별적 특징을 모두 무화시키는 빛의 항적처럼, 영화관 내의 수면자는 스크린 위에 어떤 꿈이라도 그릴 수 있다.°

『영화관과 관객의 문화사』에서 가토 미키로우는 그렇게 썼고 바로 뒷부분에서 그는 오구리 고헤이의 「잠자는 남자」 언론 시사회에서 코를 골며 자고 있는 남자를 흔들어 깨운 한 신문기자에 대해 얘기하며 극장에서 자고 있는 남자를 (심지어 '잠자는 남자'를 보러 온 남자를) 깨우는 것이 과연 온당한 일인가 질문한다. 극장에서 모두가 스크린을 바라보며 한 장면도 놓치지 않기 위해 숨죽이는 것만이 영화를 보는 것이라면, 우리의 시선이 고정되어야만 영화를 온전히 즐기는 것이라면, 잘 본다는 것은 무엇인가. 우리는 무엇을 공유할 수 있는가. 이미지에 대한 반응은 어떤 식으로든 표출될 수 있으며 그렇지 않다면 가시성의 매커니즘은 우리의 생각 속에서만 가능할 것이다. 경직된 시선은 경직된 사고로 이어진다.

차이밍량 역시 영화를 보다가 잠이 드는 것은 다른 세계로 관객을 인도하는 것이며 그 모든 것은 영화에 포함된다고 말했다. 어떤 꿈은 꾸고 난 다음엔 거의 기억나지 않지만 시간이 지날수록 선명해집니다. 무엇이 갈수록 희미해지고 어떤 것이 선명해지는지를 생각해보십시오. 어디까지가 생각이고 어디부터가 영화입니까. 꿈은 인간과 인간 사이에서 발생하지 않으며 아무것도 없기 때문에 이야기가 됩니다. 우리는 각자의 꿈속에 앉아 그것을 들여다보고 있을 뿐입니다. 그러니 이 모든 말도 꿈에서 하는 얘기라고 생각해주십시오. 그래서 우리는 언제나 다른 세계에서 만난다. 우리는 모두 자신의 꿈의 연출자다.

他, 问题, 场所

　그는 나를 본 기억이 있다고 했는데 그게 언제인지 기억
나지 않았고 얘기하다 보니 우리는 아무것도 먹은 게 없었는
데 그래서 기억도 희미해지는 걸까, 그를 따라 명동의 하이
디라오에서 난생처음 훠궈를 먹으며 중국어를 잘한다는 건
다른 세계에 사는 기분일 거야, 알 수 없는 중국어로 그가 주
문했고 뭔지도 모르면서 이거 괜찮겠죠? 어때요? 하면 좋네
요. 좋아 보이네요. 홍탕? 백탕? 그냥 먹나요? 이거 찍어 먹
는 건가요? 맛있나요? 특이한데 잘 모르겠어요. 지금은 몰
라도 한 달쯤 지나면 생각날 거예요. 중국에 있을 때 자주 먹
었어요. 가본 적 있나요? 아니요. 가보고 싶나요? 잘 모르겠
어요. 베이징? 네, 베이징. 그는 베이징영화학원에서 허우샤
오시엔의 수업을 들은 적이 있고 린창한테 영화 음악을 배
웠다고 「밀레니엄 맘보」 「남국재견」에서 배우로도 나왔는
데, 기억이 잘 안 나네요, 허우샤오시엔 전작전을 끝으로 문
을 닫은 극장에서 같이 있었다고, 몇 편이나 보셨나요? 다섯
편? 얼마나 기억하시나요? 2015년인가요? 2015년이 벌써
5년 전인가요? 연남동에 있는 '남국재견'에서 우리는 같이
있었던 것 같은데 그런가요? 그랬나요? 그런 얘기 했었나요?
남국재견에 갔던 기억이 없는 것 같아서 그런 거 믿으시나

요? 기억 같은 거 믿으시는 편인가요? 얘기를 듣다 보니 그
곳은 최시형 감독과 김동환 음악 감독이 2017년에 차린 곳
이며 나는 언젠가 서울독립영화제에서 최시형 감독의 「경
복」을 본 뒤 그에게 질문을 하기도 했는데 정확히 뭘 물었는
지는 잊었지만 대답만큼은 기억에 남아 있었고 별로 인상적
인 답변은 아니었던 거 같은데 왜 선명할까, 저는 과거에서
과거를 보고 싶습니다, 그 말은 무슨 말이었을까, 뒤늦게 궁
금해졌다.

　　나는 그가 뭔가 착각하고 있거나 아니면 거짓말을 하고
있거나 자기가 믿고 싶은 것만 집중적으로 믿고 있거나 아무
튼 몰두하는구나 생각했고, 그가 기억하는 사람은 들을수록
내가 아닌 듯했는데 그는 별로 신경 쓰지도 않는 것 같았고,
사실 나도 그랬으며 기억이 뭐가 중요한가, 어쨌든 우리는
만났고 얘기를 하고 있다, 그런 실감만이 나에겐 중요하다,라
고 생각했다. 어쩌면 기억하는 이유는 우리가 극장에서 같은
영화를 보았기 때문일 거야. '남국재견'에서 우리는 같이 있
었는지도 몰라. 그때 끝나고 저에게 질문하지 않았나요? 이
건 미래에 관한 이야기냐고, 어쩌면 우리에게 20세기가 존재
하지 않았거나 그 삶에 제가 없었거나 그런 생각이 들어요,
21세기라고 다를까요? 그는 아직 그 질문 속에 있는 것 같았

고(질문 속에서 우리는 항상 어딜 보고 있는 걸까?) 미안, 난 과거에 대해 생각하는 사람이 아니에요, 그렇지만 그가 나를 기억하는 건 내가 그 자리에 있었기 때문일 거고 그가 나를 그곳에 위치시켰다면 그건 나였을지도 몰라. 내 기억에 대한 근거는 내가 마련해야 해. 나는 재빨리 떠오른 생각을 메모했다. 말하는 속도가 곧 꿈의 속도고 말을 떨어뜨려야, 말을 바닥까지 떨어뜨려야 글이 되고 그래서 아무것도 쓸 수가 없게 되는지도 몰라, 영화보다는 왜 이미지가 남을까. 이미지보다는 왜 사운드가 남을까. 「자아훼멸自我毁滅」을 많이 들었어요. 「남국재견」의 첫 장면과 마지막 장면. 영화를 보다 보니 영화를 찍고 싶다기보다는 음악을 만들고 싶었고 음악을 만들다 보니 음악을 하기보다는 상담사가 되고 싶었어요. 상담사가 되고 싶어서 공부하다 보니 소설을 쓰게 되었고 저랑 밤새 얘기하는 사람은 전부 사라져버려서 그들이 어디로 가는지 알고 싶다, 근데 그걸 알 수 있다고 해서 나도 거길 갈 수 있을까, 유령을 따라다니다가 어느새 자신도 유령이 되어버리는 이야기, 그런 걸 쓰고 싶다, 생각했어요. 영화를 찍기도 했었고 카메라 없이, 그래서 그 영화는 언제나 제 머릿속에서 상영될 수 있어요, 졸며 만난 사람들, 늦게까지 그는 그런 이야기를 했고 이건 아무것도 아니고 세계도 그렇고 내일도 그렇고 그래서 나는 나다, 나중에 그와 대화를 나누고 나서 적은 메모를 보았는데 거기엔 그렇게 적혀 있었다. 꿈은 우리보다 먼저 도착한다.

咱们, 过去, 感觉

가을을 상상해보게. 언덕 위에 큰 나무가 한 그루 있어. 바람이 불고 무수히 많은 나뭇잎이 떨어지고 있지. 나는 그중에서 잎사귀 하나를 골라 찍을 걸세. 나무에서 떨어진 순간부터 땅에 닿을 때까지, 허우샤오시엔은 린창에게 「밀레니엄 맘보」의 첫 장면에 대해 설명했고 영화의 테마곡인 「A Pure Person」을 듣고 있으면 바람에 떨어지는 나뭇잎이 떠오른다기보다는 머리를 찰랑거리며 걷는 여자의 뒷모습이 떠올랐는데 영화를 봤으니까 그런 거겠지, 영화를 안 봤어도 그랬을까, 알 수 없었지만 2001년이 나에게로부터 멀어지고 있어. 이것은 모두 10년 전에 일어난 일이다. 영화는 그렇게 시작한다. 2000년이 막 시작하고 있었다. 내가 처음 이 영화를 봤을 때 스무 살이었어. 10년 전이었고 지금은 더 어려졌어. 그럼 이제 내 나이는? 난 지금 몇 년도에 있나? 질문은 그렇게 시작한다.

왜 하필 전자 음악을 선택했느냐는 질문에 린창은 컴퓨터로 혼자 만들 수 있으니까, 밴드를 하면 사람들과 잘 지내야 하는데 나에게는 어려운 일이다. 연기를 하거나 음악을 만드는 것도 어려운 일이지만 사람을 만나는 일보단 어렵지 않다. 가수 데뷔 이후 나는 거의 자폐아였다. 거의 집 안에만 있었고 밖에 나가지 않았다. 외출을 할 때도 사람이 많은 곳은 피해 다녔다. 모든 게 싫고 마음에 들지 않았다. 「자아훼멸」은 그렇게 살았던 나를 모조리 담아내 없애버리려는 생각으로 만들었던 음악이다. 린창은 「밀레니엄 맘보」의 인물들에게 공감할 수 있다고 했다. 무엇을 해야 할지 모르는, 휴대폰이나 자동차를 구입하고 일을 하는 것에 매몰된 사람들. 현재만 있고 미래를 생각하지 않는 사람들. 자신이 뭐가 될지 모르니까 허무감만 짙은 사람들. 내가 음악을 통해 해야 하는 일은 그중 한 명에게 의미를 주는 것이었다.°° 내가 할 수 있는 건 그 정도뿐이다. 나는 지금도 사람을 잘 모르며 사람들과 잘 지낸다는 것은 언제나 수수께끼다. 영화를 이해하는 일 혹은 음악을 이해하는 일은 결국 사람을 이해하는 일인데 그 부분에서 항상 실패한다. 그런데 결과물은 실패하고 있다는 느낌에서 나온다. 그들에게서 무엇을 보았나, 무엇을 보려고 했는가. 그 실패에서 난 얼마나 멀어졌나. 매번 작업이 끝날 때마다 그런 생각을 한다. 무엇보다 그들이 내 실패를 볼 수 있었으면. 그들이 보려고 시도할 때 내가 그곳에 있을 수만 있다면.

눈 뜨면 오키나와였음 좋겠어. 바닷소리가 들려? 응. 햇빛이 느껴져? 응. 눈 떴어? 아니 뜨고 싶지 않아. 기억하지 않아도 볼 수 있다고 했잖아. 오키나와가 아니라면 뜨지 않을 거야. 메도루마 슌, 읽었는데 기억이 안 나. 재밌었던 거 같아. 나는 일본인이 아니다. 나는 오키나와인이다. 다케시 때문이었나. 거기가 오키나와였나. 우리는 유튜브로 탭댄스를 추는 기타노 다케시를 보았고 볼 때마다 웃었는데 다케시는 진지했고 그래서 더 웃긴 거 같다고 우리는 말했다. 펑쿠이에 가서 돌멩이를 가져올 거야. 타이베이에 가서 육교를 걸을 거야. 우리는 핸드폰으로 지룽의 육교 사진을 보여주었다. 다케시를 본 뒤에 우리는 오키나와에 가고 싶다고 했다. 영화를 볼 때마다 우리는 그곳에 가고 싶다고 했는데 사실 정말 그 장소에 가고 싶다기보다는 영화 속으로 들어가고 싶어 했으며 현실을 보고 싶어 하지 않았고, 아니 이건 바라보고 안 보고의 문제가 아니야, 내가 있을 곳이 없다면 그걸 현실이라고 할 수 있을까 질문했고, 그런 건 사실 질문이 아니라 차라리 침묵에 가까웠고 난 사실 죽은 사람이야, 무슨 뜻이야 그게, 결국은 다 혼잣말이야, 소설 같은 거, 그 얘기 더 들려줘, 나는 왜곡해야만 느낄 수 있어, 그렇다고 소설을 쓰겠다는 건 아니야, 하지 않고 지나간 이야기들. 유령을 따라다니다가 어느새 자신도 유령이 되어버리는 이야기, 그런 거 쓰면 재밌지 않을까. 어차피 쓰지 않을 거지만 그런 생각만 하고 있어. 기다리면 기다림도 언어가 돼. 그런데 기다릴 수가 없어, 우리는 말했다. 기다리는 것이 가능하다는 건 만날 수 있다는 믿음이다. 욕실에서 마츠다 세이코를 틀어놓고 흥얼거리는 소리를 들으며 지켜야 할 모든 것은 내 바깥에 있어, 그렇기에 나를 지켜야 해, 생각했다. 난 더 이상 나 자신의 과거가 아니다. 왜 대답이 없어? 응? 내가 한 얘기 못 들었어? 욕실에서 나온 우리가 물었다. 이제는 읽지 않고 보지 않는 것들이 내 이름을 불러. 그럴 때 증오를 느껴. 그런 감정은 증오가 아니야. 이젠 생각하는 것을 말하지 않아. 나는 말하는 것을 생각한다. 그래서 감정은 언제나 새롭게 만들어지는 거야. 라이터를 찾아 더듬거리는 우리에게 불을 붙여주었고 나는 더 이상 선형적일 생각이 없어. 그게 무슨 말이야. 우리는 마치 2020년에 존재하지 않는 사람처럼 굴었다. 어쩌면 정말 그랬는지도 몰라. 2039년에 태어나서 2000년에 죽고 싶다. 밀레니엄을 보면서 말이야. 딱 그 정도가 좋은 것 같아. 2001년에서 우리는 얼마나 멀어졌지? 거기선 내가 어떻게 보일까? 우리는 전에 극장에서 허우샤오시엔의 「밀레니엄 맘보」를 봤지만 중간에 잠들었으며 나도 기억이 잘 안 난다고 했다. 우리는 엎드려서 노트북으로 「밀레니엄 맘보」를 다시 보기로 했지만 영화가 시작하고 얼마 안 되어 잠들었고 너는 너의 세계에 있다가 내 세계로 왔어, 그래서 날 이해하지 못하는 거야, 혼자서 비키가 하오하오의 말을 떠올리는 대목까지 본 뒤 나는 노트북을 덮었고 잠든 우리를 바라보았다. 우리가 무슨 꿈을 꾸고 있는지 들여다보고 싶다, 그런 생각을 한 건 아니었고 근데 그럴 수 있다면 얼마나 좋을까, 과연 정말 좋을까? 무의식을 엿본다는 건 예의가 아니야, 볼 수 있다고 해도 보지 않으려 해야 하고 봤다고 해도 못 본 척해야 하지 않을까? 같이 있으려면, 오랫동안 잠든 우리를 보며 두서없이 그런 생각을 하다가 나도 모르게 어느 순간 눈을 감았다.

咱们, 再

이 영화가 당신을 잠들게 할 거라고 이건 꿈으로 보내는 편지니까, 너무 간절했기에 빨리 늙어버린 미래가, 과거의 틈으로 들여다보이는 미래의 결과가, 너를 잠들게 할 거라고, 처음엔 그게 영사 사고라기보단 내가 시간을 되돌린 거라고 생각했어, 그런 게 가능하다고, 신빙성은 이쪽에 있고 사고일 리가 없다고 문제는 나고 그렇기에 나로부터 시작해야 한다고 그런 거 질문인가? 그런 게 질문이냐고 나한테 묻는 거야? 넌 미래에 대해 알고 있는 유일한 사람처럼 보여. 기다리겠다는 말 하지 마. 난 그런 말이 제일 싫어. 방금 그거 말이었어? 이제 난 말을 안 믿어, 기다린다는 말이 왜 나쁜 거지? 그런 거 약속이 되니까, 내 몸이 넓어지고 있어. 생각보다도. 그렇기 때문에 힘들다고 했다. 오래 살면 유명해질 수 있는 종류의 사람이 있고 일찍 죽어야 유명해질 수 있는 종류의 사람이 있는데 문제는 오래 살면 유명해질 수 있는 사람이 일찍 죽고 일찍 죽으면 유명해질 수 있는 사람이 오래 살아서 어긋나는 거라고, 죽음이라는 단어를 피하기 위해 죽음을 선택한 사람이 있다고(바쟁Bazin적 의미에서 나를 지탱하게 해주는 것) 포기하고 싶은 날들은 언제나 시작되었다. 더이상 무엇을 증명해야 할지 모르겠다고 한 번도 증명한 적이 없기 때문에(상대의 눈을 바라보기 전에 생각하기 또 바라보기) 몰래 존재하는 힘, 나는 내가 할 수 있는 것을 생각했고 아무것도 할 수 없었지, 스스로의 질서를 만들 힘이 없어서 여기가 이 시간에 문을 연 유일한 곳이어서 반복이 자꾸만 질서를 만들어, 저기 저 배우를 잘 봐봐, 네가 말하면 난 잘 보다가 봐야 할 이유 같은 게 있을까?(얼굴이 나오는 장면이 하나도 없어서), 이젠 기억이 안 나서 말해주지 못했던 그리스 감독이 만든 영화의 마지막 장면에서 남자는 여자와 함께 있기 위해 자신의 눈을 찌르러 화장실에 갔던 건 기억이 나는데 나는 남자가 눈을 찌르지 못하고 나온 것으로 영화가 끝났다고 기억했고, 너는 남자가 눈을 찌르고 나와서 영화가 끝났다고 기억했는데 내 기억과 네 기억 중 하나는 맞는 기억일 것이고, 다시 영화를 보면 알 수 있을 테지만 뭐가 맞는 건지는 중요하지 않은 거 같아서 그저 너는 왜 남자가 눈을 찔렀다고 믿었을까, 믿고 있었을까?, 나는 왜 그가 눈을 찌르지 않았다고 생각했을까, 믿음이 그들을 같이 있게 할 수 있을까, 대화 뒤에 숨어서 했던 것들, 유일하게 할 수 있는 말이어서 거기 머물렀지. (주문한 음식을 어떻게 먹는 건지 도무지 알 수 없는 꿈, 어쩌면 징후였던) 너의 집에서 같이 「미녀갱 카르멘」을 보고(난 많이는 모르지만 이 세상을 순수함으로 제어할 수 없다는 것은 안다) 혼자 돌아가고 싶지 않아 고다르가 몇 년생인지 물어보았을 때 너는 생각인지 뭔지를 하다가 1935년생이라고, 나중에 검색해보니 고다르는 1930년생이었는데 너는 알고 있었을까 알면서도 그렇게 대답했을까 아니면 착각하고 있었을까 그냥 5년을 더 부여하고 싶었을까. (고다르에게? 아니면 나에게?) 중요하지도 않은 것이 나는 중요해져서 그 5년간 뭔가를 하고 싶어졌고 그 5년

48

을 내가 살기로 했지. (뭐라고 부르지? 한편으론 결백하고 다른 한편으론 유죄인?) 징후들은 필요 없어졌다. 네가 말한 코이첸의 영화가 궁금해서 검색해보니 아무것도 나오지 않았다. 이 작품은 총 다섯 개의 릴로 구성이 되어있는데 이들의 순서를 바꿔서 상영할 수 있도록 연출되었다. 결국 120가지의 단일 조합이 가능한데 영화가 표현하고자 하는 사랑과 인생의 불확실성과 변형성을 상징하는 듯하다. 이번에 상영될 버전은 일종의 감독판이라고 할 수 있지만 머릿속에 각 릴들을 재결합하여 개인 버전을 스스로 창조해내는 것을 추천한다. 영상자료원 소개 글에는 이렇게 씌어져 있었는데 너는 다친 사람과 택시를 타고 어딘가로 가는 장면에서 잠들었다가 사라지면 구름이 된다는 얘기가 나오는 장면에서 깼다고 이제는 네가 기억해봐, 라고 말하면 나는 기억하기도 했는데 잠깐 잠든 사이 모든 게 변했거나 잠이 아니었을 거야. 어떤 진실들은 점점 영구화된다. 낯선 사람 더욱 낯설어지고 말해도 너는 대답이 없어서, 우리가 했던 생각 더 이상 우리 것이 아니고 점점 아니게 되고, 만나기로 했는데 왜 오질 않는지, 같은 곳인데 너는 어디서 기다리고 있는 건지 물으니 미안해 균형 때문이었어, 잊을 만한 것들을 잊었을 뿐이야, 말하다가도 균형이라기보다는 형식. 네가 들어보라고 말하면 나는 듣기도 했었는데 혹시 내가 아주 오랫동안 잘못 관찰하고 있었다면? (존재를 입증하는 법을 배워라 비존재여!) 너의 위로는 충분한 공간을 필요로 하니까 위로보다는 공간 그리고 공간보다는 같이 있기를 원했던 우리는 서로를 기다리지 않으면서도 만날 방법을 생각하느라 만남 자체도 잊어버린 걸까, 네가 말하는 동시대가 난 뭔지 모르겠어. (미안, 너에게 물어볼 시간도 힘도 없었네) 날 모른 척해도 동시대를 모르는 척해서는 안 돼, 오독하는 자들에게서 미래는 발생한다. 내가 너를 생각하는 동안 너는 나를 생각하지 않아서, 네가 나를 생각하는 동안 나는 너를 생각하지 않아서 우리의 시간은 어긋나는 게 당연한 거라고 말했던 너의 말이 떠올라서 그게 너의 말이었는지 어디서 본 거였는지 생각나질 않아서 나는 지금 너를 생각하고 있는데 너도 그런지 알 수가 없어서 생각하고 있다면 너는 여기 있었을 테니 지금 네가 나를 생각하지 않는 것은 분명하고 그럼 네가 나를 생각하고 있었을 때 나는 어디 있었을까, (미안, 한 번도 들은 적이 없고 기억한 적도 없었네) 약속들은 미래로 침투해 들어갈 뿐이야. 우연한 만남은 언제나 약속된 것이고 우리는 한 번도 약속 같은 걸 해본 적이 없다. 그렇기에 우리는 만날 수 있을 거야. 창밖으로 신호등이 빨간불에서 초록불로 일곱 번쯤 바뀌는 동안 우리는 말이 없었고 초록불이 되어도 건너지 않는 사람을 보며 왜 건너질 않을까? 뭘 기다리고 있는 걸까? 근데 꼭 건너야 하는 건 아니잖아. 아마 갈 수 있다는 생각 자체를 잊어버린 걸 거야. 하늘과 구름의 경계를 가늠하다 보면 내가 혼자라는 것이 느껴져. 그렇기 때문에 아무것도 바뀌지 않을 거야. 사람들이 우리를 잊을 수 있도록, 우리가 삶을 잘 망각할 수 있도록 도와줘야 해. 내가 우리를 도울 수 있을지도 모르겠다고 그가 날 깨울 때까지 생각했지. 이젠 내가 어디서부터 잠들었는지도 모르겠다.

충무로의 시네마테크에서 남산타워를 바라보며 그가 물었고 라이터를 찾아 더듬거리는 그에게 불을 붙여주며 그 질문이 무슨 의미인지 되물었는데 그는 영화를 보기보단 잠든 나를 보고 있었다고, 나를 봤다기보다는 내 꿈을 보고 있었다고, 보려고 했던 건 아니었는데 보이기에. 미안해요, 그냥 그게 누구였을까, 궁금했어요. 그런 질문은 어떻게 가능한가. 잘도 그런 소리를 하는구나, 싶었지만 나는 기억나는 것을 말해주었고 거기선 내가 어떻게 보여? 그건 무슨 질문이었을까? 내 몸속엔 아직 그 질문이 남아 있는데 이제 우리는 무엇으로 연결되어 있나. 2001년에서 우리는 얼마나 멀어졌지? 나는 아직도 그 질문에 대답하지 않았다. 내가 우리를 아는지는 우리가 나를 어떻게 생각하느냐에 달려 있다. 우리의 기억 속에 내가 있다면 나는 있고 없다면 나는 없다. 내 기억

속에 우리는 있고 나는 우리를 보고 왜 그렇게 빤히 봐요,라고 말하는 우리가 있고 그럼 나도 있나, 있다고 믿으면 그것은 믿음이 되나 아니면 기억이 되나, 그런 모습은 잊히지 않을 것 같네, 생각했고 평생 기억되었다. 「남국재견」에서 우리는 잭 카오가 밥을 먹다가 갑자기 노래를 부르는 장면이 좋다고 했는데 나는 생각나지 않았고 오늘 다시 영화를 봤지만 그런 장면은 없었다. 그렇다면 우리가 봤던 건 뭐였을까. 우리는 그 기억에서 무엇을 보고 싶었던 걸까. 잭 카오가 같이 이삿짐을 나르던 사람과 담배를 피우며 자신의 문신을 보여주는 장면이 있다. 도쿄 꺼와 교토 꺼가 어떻게 다릅니까. 많이 다르죠. 한눈에 도쿄라는 것을 아시다니 대단하군요. 나는 왠지 그 장면이 좋았다는 얘길 하고 싶었고 가끔 「자아훼멸」을 들을 때마다 구글번역기로 번역한 가사의 내용에 대해 생각해보았다.

자기 파괴

세상은, 나를 위해, 모든 욕망은 마쳐될 수 있습니다.
이 세상은 저를 위해 목적 없이 살기 위한 것입니다.
내 영혼은 점점 멀어지고 방향을 찾고, 도움을 받지 못한다.

내 영혼은 더 멀리멀리 날아가고 있습니다.

내 몸은 영원한 폭탄과 같습니다.

내 인생은 공중에 떠돌아다닙니다.

내 평판은 다른 사람들에게 너무 많은 것입니다.

자기 파괴.

내 몸은 영원한 폭탄과 같습니다.

언제든지 폭발로 인해 아무런 주의를 기울이지 않습니다.

내 몸이 천천히 더 이상 느끼지 않습니다.

모든 것을 파괴하고 인생을 파괴하십시오.

이 세상의 모든 사랑과 증오는 분명하지 않습니다. 그것은 중요하지 않습니다!

나는 벌써 아무런 문제가 없다.

아직도 약간의 느낌이 있다면, 내 몸과 영혼은 오래전에 사라져버렸습니다.

네가 다시 돌아올 수 있다면, 나는 이 세상이 정말로 환생하고 있기를 바란다.

과거와 관계없이 내 육체를 포함하여 모든 보이지 않는 것들을 포함시키십시오.

내 몸, 나는 시기가 맞지 않는 폭탄을 가지고 있다.
바람으로 보이지 않게 내 인생이 흐른다.
내 평판, 다른 사람들이 알고 있는지 여부에 관계없다.
자기 파괴, 세계의 모든 물건 파괴.
모든 것을 파괴하고, 모든 것을 파괴하고, 모든 것을 파괴하고, 모든 것을 파괴하십시오.

자기 파괴 자기 파괴 자기 파괴 자기 파괴.

허우샤오시엔 전작전은 이번 주까지였다. 그의 마지막 영화는 사실상 「밀레니엄 맘보」에서 다시 시작하는 이야기다. 유바리에서 비키를 놔두고 사라졌던 잭 카오가 다시 등장하여 과거를 헤매는 이야기다. 결국 「남국재견」에서 만나는 이야기다. 옛날은 지나간 이야기가 아니라 잊어버린 것이고 좋은 이야기는 지나간 이야기고 지나가는 것이 지나가도록 놔두는 이야기고 아무것도 붙잡지 않는 이야기고 그래서 넌 아주 오래전 내가 쓴 이야기야, 우리에게서 나는 무엇

을 봤을까 아니 우리는 나에게서 뭘 보고 싶어 했을까. 그것
은 당신이 무엇을 생각하느냐에 달려 있지요, 그렇게 얘기해
주는 사람은 내 주변에 없었지만 물을 수 있었으면, 무엇보
다 우리가 나를 보려고 할 때 내가 거기에 있었으면, 그런 생
각은 했다. 우린 같은 곳에서 잠들었고 거기서 만났지. 이건
아무것도 아니고 세계도 그렇고 내일도 그렇고 그래서 나는
나다. 어디서 왔는지도 모르고 누군가 맥락을 가져가버린 문
장들만이 남았다. 이상한 건 난 거의 영화를 보러 가지 않는
데 대부분의 사람을 극장에서 만났다는 것이다. 그리고 이제
그것은 더 이상 이상하지 않다. 영화가 끝나면 이제 우리는
어디로 가지? 그런 질문은 항상 혼자서만 가능했고 기억하다
보면 볼 수 있을지도 몰라. 그때까지도 나는 그렇게 믿었던
것 같다. 그게 벌써 2029년의 일이었다.

○   가토 미키로우, 『영화관과 관객의 문화사』, 김승구 옮김, 소명출판,
    2017, pp. 228~29.

○○ 강병진, 「허우샤오시엔과 지아장커의 음악적 페르소나」,
    『씨네21』 2009년 9월 3일 자. (http://www.cine21.com/news/
    view/?mag_id=57607)

상우가 말하길

—모든 건축물에는 반드시 불필요한 공간이 존재해야만 한다.

　　제발트는 절대 지하철에서 읽을 수 없는 작가라고 상우
가 말하길, 그런 얘기를 들으면 읽고 싶어지고, 가능하고 싶
고, 확실히 나는 지하철에서 몇 번이나 문장들 속에서 길을
잃었고, 잠에 빠져들었으며, 계속 같은 페이지를 노려보며,
내 어린 시절과 이제는 상관없다고 생각했던 이름들과 잊어
서는 안 될 잊은 것들과 악몽 속에서 자유로움, 죄가 없는 곳
에서도 언제나 유죄라는 느낌, 이 도시에서 나는 가장 왜곡
될 수 있다는 사실과 마주하며 어떤 책은 읽는 게 아니라 바
라보는 거라고, 마치 풍경처럼 눈을 감고도 읽을 수 있어야

한다고, 비어 있는 커피 잔을 바라보며 상우는 희망에 반대했고, 내가 어디 있는지는 누가 나를 보고 있는지에 따라 결정된다고, 금요일이기 때문에 커피를 마신 거라고, 오늘은 토요일이었는데 커피는 더 이상 아무런 작용도 못 해 토요일이기 때문일까, 생각하다가 어제 본 파스빈더에 대해 난 한 번도 그를 좋아해본 적이 없어, 그건 슬픈 일 같다고 왜지? 슬픔엔 근거가 없고 근데 우리는 생각하면 슬퍼지는 걸까? 슬픈 생각을 해서 슬퍼지는 게 아니야, 생각하기 때문에 슬퍼지는 거야, 정말 그런가, 예측 없이도 저는 너무 늙었고 죽어가고 있습니다, 누군가에게 그런 말을 하거나 들으면 기분이 좋아져, 사실이기 때문에, 파스빈더는 자살로 영화를 선택했다. 근데 그건 선택일까 아니면 삶일까. 거기서 네 이름을 불러서 네 이름이 생각나서 내가 끝에 있어서 추락을 생각해서 내가 네 꿈을 꿔서 미안해. 새로운 경멸을 배우기 위해 노력했지, 꿈의 선명도는 현실에 영향을 미치니까. 나는 열다섯 살에 죽을 수도 있고 서른네 살에 죽을 수도 있다. 말을 할 수도 있었고 주제넘는 얘기를 할 수도 있었으며 주제일 수도 있었다. 이젠 조용해질 수도 있고 들려? 들을 수 있어? 근데 거기 없었잖아. 없었기 때문에 들을 수 있었던 거야. 그래 삶이 있었다고 치자. 그다음은? 창밖으로 아이들이 뛰어가고 아이들은 어디로도 뛰어갈 수 있고 내가 베를린에 대해 말할 수 있는 건 이 정도다.

Empire

　카페에서 샌드위치를 만들었는데 드실래요? 나는 감사
히 먹겠다고 답했고 안에 사과를 넣었어요, 테리 씨는 말했
지만 나는 사과를 느끼지 못했고, 다 먹었는데도 사과는 없
었고, 느끼지 못했다면 없는 걸까, 그건 테리 씨의 착각일까,
생각하다가 사과는 우리도 모르는 사이에 제 갈 길을 간 것
같다고, 그렇게 생각하니 나는 많은 것을 납득할 수 있었고,
그건 납득의 문제가 아니었으니까, 나를 보던 테리 씨가 말
을 한다. 이젠 끝났다고, 이제 전 끝났어요. 그렇구나. 상우는
오지 않을 거예요. 테리 씨는 말하고 난 기다렸나, 기다렸다
면 조금 일찍 도착했을 뿐인 것 같고, 상우를 아시나요? 아니
요. 잘 몰라요. 그렇지만 상우가 오지 않을 거라는 건 알아요.
그렇군요. 뭔가 기다려야만 한다면 테리 씨를 기다리기로 했
고 마감하는 데 20분 정도 걸린다고, 20분 같은 건 아무것도
아니에요, 불 꺼진 테이블에 앉아 테리 씨가 마감하는 걸 보
며 기다리지 못하는 사람들이 늘 문제를 일으키곤 하지, 그
러니 기다려야만 한다고, 상우는 뭘 기다렸을까, 난 많은 것

이 기다리는 사람의 몫이어야 한다고 생각해, 좋았던 것들은 언제나 기다림으로 남아 있어, 그런 것들은 낮잠처럼 혼곤하게 느껴지고, 낮잠을 좋아해서 밤에도 낮잠을 자고 싶은데 그럴 수가 없구나, 밤이니까, 혼자 말하다가 이 말을 테리 씨한테도 해야겠다고 생각했다.

　어디 가고 싶어요 테리 씨? 어디 가고 있어요? 물으면 조금만 더 걸어볼까요, 계속 걷다 보니 걷지 않는 사람들이 보였고, 아무것도 보이지 않는 곳에서 노인들은 장기를 두고 있었고, 우리는 그것을 잠시 들여다보았지만 잘 보이지 않아서 누군가 어린아이의 지퍼를 올려주는 걸 보았고, 지퍼를 올려줬네요. 그랬네요. 추우니까요. 추우신가요? 전 괜찮아요. 저도요. 산책을 하며(우리는 얼굴을 마주 보지 않았는데 그걸 산책이라고 할 수 있을까) 너무 많이 걷고 있는 건 아닐까, 생각했지만 혼자가 아니니까 우리는 같이 걷고 있으니까 괜찮다는 생각이 들었고, 마치 꿈을 따라가고 있는 것 같아, 난생처음 꿈을 따라가보기도 했어요, 말한 건 테리 씨였고 뭐라고 하던가요? 미래가 널 죽일 거야, 그러니 기대해. 테리 씨는 아침이 오는 게 싫어서 일이 끝나면 밤늦게까지 근처를 돌아다닌다며 이데올로기가 노동할 것을 요청한다! 노동은 질병이에요, 디지~즈! 우리는 모두 감염자들이죠, 언제까지

이렇게 살아야 할까요, 우리는 너무 늦은 걸까요, 같은 질문
도 독백도 아닌 말들을 내뱉었지. 어두워질 수 있다면 끝까
지 어두울 수 있기를. 아무것도 알아볼 수 없을 만큼. 바닥만
보며 걷던 테리 씨가 계속 말을 한다.

근데 거기서 나오세요. 나오셔야 돼요.
거기라니 거기가 어디죠?
거기서 나와요.
나는 멈춰 섰다.
어떻게 나가는지 모르겠어요.
거기서 나와야 돼요. 할 수 있어요.
그럴게요. 해볼게요.
다시 걸을까요?
우린 걸었다.

이상주의자는 다 테러리스트예요, 그런가요? 테리 씨는
이상주의자인가요? 저는 아무것도 아니에요, 전 그냥 이상해
요. 그렇구나. 그런 거 좋은데요. 앤디 워홀의 마음을 알 것도
같아요. 그게 뭔가요? 저도 여덟 시간 동안 상우를 기다린 적
이 있거든요, 앤디 워홀도 뭔가 기다렸나요? 기다린다는 사
실을 잊어버릴 수 있다면 그것은 삶이 될 수도 있다. 전 그를

좋아하지 않아요. 그치만 그는 기다렸죠. 그는 그저 소음을 듣기 위해 누군가에게 전화하기도 했어요. 낙원아파트 앞에서 테리 씨는 말하고 자기는 여기서 산다고 했다.

Paris Is Ours

상우와 처음 얘기했을 때 그는 카나페를 집어 먹으며 자크 리베트와 뱅센 공원에 대해 말했고 사실 그건 삶에 대한 얘기였지만. 우리는 누군가의 장례식에서 만나(미안해, 거기서 조금만 기다려줘) 그가 종종 산책한다는 공동묘지 근처를 걷기도 했고, 죽음, 파멸, 정동정치와 포퓰리즘. 그리고 자유와 외로움. 앙리 푸앵카레. 그는 발견이란 새로운 대상을 찾아내는 데 있는 것이 아니라 이미 존재하는 대상 사이의 새로운 관계를 찾아내는 데 있다고 했다. 그렇기에 가는 사람의 뒷모습은 오래 봐야 한다고 그들은 가고 있으니까. 한 번도 사용되지 않은 말로 우리는 발견될 수도 있고 꿈의 흔적이 결국 우리를 만든다. 평소의 나라면 조용히 자리를 빠져나왔을 테지만 왠지 상우의 말은 멋있게 들렸고 그가 입고 있는 자켓이 어디 건지 물어봐야겠다, 생각했지만 묻지 못했고 나중에 물어보니 자기는 그런 옷을 입은 적이 없으며 자

64

크 리베트는 한 편도 본 적이 없다고 그게 2017년 가을이었는데 관철동의 한 카페에서 그는 전시를 준비 중이라고 기존에 해왔던 작업과는 조금 다른 것이 될지도 모르겠다고 상우가 말한 타부키의 책은 사실 이 전시와는 아무런 상관이 없었지만 그렇기에 중요하게 작용하는 것 같았다. 전시에는 세 개의 대화가 있었고 나는 마치 카페에서 사람을 만나듯 영상들과 대화했는데 거기엔 타부키가 꾸었던 꿈도 있었다. 그것은 생각에 대한 도전처럼 보였고 계단이 없다는 점이 이상하게 느껴졌지만 그래도 2층에서 3층으로 갈 수 있었고 나중에 그것에 대해 생각할수록 나는 상우를 이해할 수 있을 것만 같은 느낌이 들었다.

서울은 걷기 위한 장소가 아니야 초월해야 하는 곳이지. 그렇지만 뱅센 공원은 걷는 사람의 것이야. 상우는 말했고 그래서 그는 계속 초월하고 있는 걸까. 공평동에서 혹은 관훈동에서 나는 뱅센 공원을 걷는 상상을 해보았지만 가본 적이 없기 때문에 잘 되지 않았고 그럴수록 인간은 비루하기 짝이 없구나, 초월이 잘 되지 않는구나, 그건 네가 스스로를 보지 않기 때문이야. 그런 건가, 누군가가 상우에게 인사했고 당신은 창백해 보이네요. 그런가요? 당신에게서 지구의 냄새가 납니다. 그래요? 지구에 오래 머물 건가요? 아마 영원히. 우리가 처형에 몰두하는 것처럼 매혹적인 침묵에서 자신을 잃을 수도 있습니다. 건물 밖으로 피아노를 내다버리고 있는 누군가와 눈이 마주쳤을 때 저건 전환의 몸짓 같아, 그것이 우릴 일깨우고 있어, 저걸 가져가야 한다고 어쩌면 절반의 내가 말했고 상우가 말하길, 언제나 우리가 무얼 얻을 수 있는지보다 무얼 잃을 것인지를 생각해봐야 해. 내게 그것은 같은 것처럼 느껴졌고 근데 저건 피아노가 아니야. 아마 너는 너무 몰두하고 있었던 거야.

우리는 상냥한 침묵처럼 신념을 가질 수도 있었고 오래된 다짐처럼 그것을 잃을 수도 있었다. 그리고 갑자기 새벽이 되어버린 거리에서 해가 뜨는 것을 보며 그것을 잃었다는 사실조차 잊어버릴 수도 있었지. 그런 건 이제 별로 느낌이 없고 더 이상 슬프다는 감정은 아무런 영향도 끼치지 못하는 것 같아. 사실 난 피아니스트가 되었어야 했는지도 모르겠어, 근데 이젠 음악을 그만둬야 할 것 같다고, 어째서? 나도 몰라. 근데 상우가 음악을 한 적이 있었나, 글쎄. 그런 건 음악에게 물어볼 일이지. 사람들은 아무것도 보고 있지 않아. 그런데 누구였지? 말을 걸었던 사람, 누구? L. B? 그는 악몽의 승리자야. 마땅한 이름을 찾을 수만 있다면 우린 생각을 그만둘 수도 있을지도 모르고 기 드보르처럼, 그가 더 많이 관조하면 할수록 그는 더 적게 살아가게 된다. 지배 체제가 제안한 필요의 이미지들로 그가 자신의 필요를 더 쉽게 재인식하면 할수록 그는 자신의 존재와 욕망을 더 적게 이해하게된다. 이젠 그의 절규가 들려? 아니 안 들리는데, 나도 그래, 그렇지만 어쩐지 혁명이 가능할 것만 같은 생각이 들어, 내가 미쳐가는 걸까, 진정한 혁명은 이해와 관계가 없지만 진정한 이해는 혁명과 관계가 있다. 진술들의 참사, 트위터를 보고 있는 상우에게 어제 보내준 링크가 흥미로웠다고 하자 그는 그런 걸 보낸 기억이 없다고 했다.

"고도의 기술은 인간성을 소멸시킬 것이다, 라는 생각들이 만연합니다." 홀리가 말했다.

"제 생각과는 대조적이죠. 고도의 기술은 인간이 멀리해야 할 것이 아니라 인간의 조건에 맞춰나가야 하는 것입니다. 인간의 앙상블과 함께 호흡을 맞추는 것은 그 초안이라고 할 수 있겠죠. 저는 인간이 기계화된 세상 속에서 바깥으로 밀려나 있는 삶을 원치 않아요. A.I.가 하루빨리 (예술적인) 아름다움의 가치를 알아보고 인간과 상호작용이 될 수 있기를 바랍니다."

—『SPIN』의 홀리 헌든 인터뷰

Reprise (Retweet)

슬픈 이야기. 학교에서 그 단어를 좋아했어. 지금은 경멸해.
'침묵' 그건 아름다운 단어야. 나는 잃고 싶지 않았지만.
잃었어. @JL_Godard_bot

어서 계좌 번호나 불러요! 내 진심을 보여줄 테니까!

"화상을 입은 손으로 불의 본질을 쓴다." @ornoturs

모두 돌아가자. 쉴 수 있어. 해변에서. @sntncs

불가능한 것들만 물어보시죠. 실현 가능한 일들은 물어볼
필요가 없습니다.

이미 충분히 미시적인 서사를 다루고 있지만 더욱더 격렬하게
미시적인 것에 집착하고 싶다. 더욱 강렬하게 사소해지고
싶다. @unknownerrorrrr

"당신은 안 그래요? 밖으로 나가는 말보다 숨은 말을 더 많이
가지고 있어요." @ornoturs

3학년 음악실로 가는 복도 끝에서 기다릴 거야. 하얀 옷을 입고 와. 두번째 밤에 오면 돼. 그러나 내 목소리는 너무 작아서 아무에게도 들리지 않는다. @jichoji

「Derrida」(2002). (https://www.youtube.com/watch?v=Pn1PwtcJfwE)
"미안합니다, 인사를 못 드려서. 인사란 꽤 어렵군요."
@e_YeoRo

조금씩 카메라는 그들의 표현 수단이 되었고 영화는 삶을 침범했다. [……] 메카스 형제는 자신들의 변화와 함께 나라와 가족을 재발견하고, 폴라는 외부적 시선에서 이 재결합을 껴안는다. 리투아니아인도 뉴요커도 아닌 그들의 고향은 어디인가? 요나스가 즐겨 말하길, "영화가 나의 조국이다". @ctunaworks

너는 오래 끓인 물 주전자는 주전자가 될 뿐이라 말했지. 단 한 번도 쓰다듬어진 적 없는 나무들이 그저 길가에 서 있다. 받아 적지 않은 말들이 순식간에 흩어져 몸을 감춘다. 증발은 모두에게 난제이다. @ornoturs

가끔 누군가에게 중요한 사람이고 싶고 자주 아무에게도

기억되고 싶지 않아요. @charmassault

This is the first day of my life. @bodysnatching

그동안 많은 일이 있었지. 무슨 일이 있었는데? 한마디로

말하자면 네가 보고 싶었어. 그게 전부야.

문학 + 병= 병

병 + 미래 = 병

문학 + 미래 = 병

병 + 병 = 우리, 우리들

SNS는인생의낭비! 가짜인간관계!! @qaplwsed

말씀하셨던 것처럼 웰 메이드 작업물일수록 누가

만들었는지가 좀 안 느껴지잖아요? 저는 제가 드러나지 않은

게 오히려 좋은 것 같아요. @dolbaedol

천재는 장인을 가린다.

도구는 천재를 가린다. @l1i_i1l

"우리는 형편없는 것들을 곁에 두고 살았고, 그것은 우리를 웃게 했다." @ornoturs

세상은 망했습니다.

이 시국에 나는 달력을 붙였습니다 .

하루하루 숫자를 적었습니다.

툭.

밤에 달력이 떨어졌습니다.

떨어진 세상을 보세요. @l1i_i1l

✽ 사회가 있는 곳에 법이 있다.

✽ 법과 원칙 준수 의무.

✽ 메멘토 모리memento mori 죽음을 기억하라.

✽ 우리나라에서는 하루 평균 673명이 죽는다.

✽ 그중 교통사고로 17명, 암으로 179명, 산업재해로 7명, 자살 35명, 범인 피살 3명 등이다.

이상은 배려에 의해서 성취되어야 한다. @cassavetesbot

거리에서 마주칠까요? 마주칩시다. 당신이 걷고 있다면!

가둬놓기로 했던 어제의 말들을 듣기. 출처를 잊고 출처를 배우자. 이것은 기본적으로 사랑의 행위이지 복수의 행위가 아니다. 네 상상력이 멈추는 곳에서 만나 거기 있을게. 내가 이름을 부를게. 누구의 말인지도 알 수 없는 곳에 상우는 가끔 머물렀다.

Trouble Every Day

기다림을 믿느니 자기는 차라리 멕시코의 우편 시스템을 믿겠다고, 믿어야 한다면 이제 기다림이 말할 차례야 어쩌면 그것은 상우의 알리바이인 것 같고 언제나 낮은 말투, 같은 카페 같은 자리에서 같은 커피를 마셨지만 그걸로 우리가 상우에 대해 알 수 있는 건 아무것도 없어. 그건 커피일 뿐이니까. 그건 그냥 공간일 뿐이라서, 그것에 대해 얼마나 알고 있나요? 스스로에 대해 얼마나 알고 있어요? 테리 씨는 테리 씨에 대해 얼마나 알고 있으신가요? 글쎄, 저도 잘 모르겠어요. 저는 그저 세입자라서요. 그런 건 집주인에게 물어보세요. 멕시코에 가보신 적 있나요? 아뇨, 이제 편지를 쓰지 않거든요. 이제 전 끝났어요, 테리 씨가 말하길. 불 꺼진 테이블에 앉아 우리는 평생 얘기할 수도 있을 것 같았고.

사드랑 바타유, 다니자키 준이치로가 싸우면 누가 이길까요?

글쎄요. 안 싸울 거 같은데요.

전 제가 이길 것 같아요.

그렇구나. 그러실 거 같아요.

집단 학살은 언제나 텔레비전용 영화를 보는 거 같아요.

그게 무슨 얘기죠?

증오의 냄새가 나거든요.

근데 테리 씨 어디 가요? 그냥 걷고 있었어요. 저 때문에 계속 걷네요. 가끔은 어떤 장소에 간다기보다 장소가 내게 오는 것만 같다. 더 이상 풍경이 가까워지지 않아. 내가 생각하고 있기 때문일 거야. 근데 그런 거 아시나요? 혼자 집에 가면 무의미, 가고 싶지 않아도 거대한 느낌, 다들 울지 않고 있는 게 신기해, 다들 가는구나, 어딘가로, 어디지? 간신히 고개를 들다가 저기 전등이 있었구나, 전등이 나간 걸 보고 나서야 내가 봤기 때문일까, 이름, 생각났지만 그걸 어떻게 불렀더라? 누군가는 거기 있어야 했다고 오래된 삶, 죽음 그걸 봤었어야지, 테리 씨가 말하길, 이젠 갈 곳이 없다고, 집이 있어도 돌아가야 한다는 생각이 없으면 집은 없고, 뭔가 생각할 수 있다면 그게 집이고, 아직 절반 정도만 생각했을 뿐인데 돌아갈 곳이 있다면 걷는 건 왜 생각인지, 테리 씨가 말하고 있는 곳이 어디인지 알 수 있을까, 알 수 있다면 나도 갈 수 있을까, 갈 수 있다면 이해할 수 있을까, 이해할 수 있다면 볼 수 있을까, 어느새 낙원아파트 앞에서 아무것도 없으면 그곳이 생각이 돼, 뭔가 먹어야 한다면 할리우드식으로 먹고 싶다고 해서 테리 씨와 함께 거실에서 누들박스에서 사 온 팟타이를 먹으며 이게 왜 할리우드식일까 생각하다가 냉장고 옆에 붙어 있는 클레어 드니와 데라야마 슈지, 테리 씨 좋아하시나요? 뭐를요? 내가 사진을 가리키자 글쎄 저게 왜 붙어 있지, 테리 씨는 궁금해했기에 나도 같이 궁금해했고, 아마도 제가 질서를 잘 모르기 때문인 것 같아요. 모르시나요? 아직 살아 있나요? 저요? 클레어 드니. 그럼요. 뭔가 이유가 있나요? 클레어 드니와 데라야마의 공통점. 찾으셨나요? 글쎄요. 어제의 배신자들? 자유주의자들? 학살자들? 너무 멀리 가셨네요. 가까이 좀 오세요. 근데 내가 테리 씨에 대해 알고 있는 게 뭐가 있나 쪼그려 앉아 고양이를 부르며 담배를 피우는 테리 씨, 어제 꾼 꿈에 대해 말하는 테리 씨, 2019년의 테리 씨, 냅킨에 낙서를 하는 테리 씨, 일이 끝나면 거리를 헤매는 테리 씨, 노래를 흥얼거리는 테리 씨, 베개에 얼굴을 묻고 꼼짝도 안 하는 테리 씨, 지금 죽으면 영원히 살 수 있을 것 같기도 해요. 근데 언제부터 거기 있었어요? 묻는 테리 씨, 내 이름을 부르는 테리 씨, 1849년 토마스 드 퀸시가 쓴 문장을 닮지 않은 테리 씨, 1930년대의 다니자키 준이치로처럼 생각하는 테리 씨, 1960년의 와카오 아야코를 닮은 테리 씨, 2020년의 생각을 하려는 테리 씨, 대답이 없는 테리 씨, 테리 씨의 우울증은 너무 심해서 거의 그녀를 살게 할 정도였고 그게 내가 아는 테리 씨고 그게 정말 테리일까. 테리 씨는 어떻게 생각해요 자꾸 묻다가 테리 씨는 잠이 들었고 듣나요? 듣고 있나요? 아직 거기 있나요? 바라보다가 언어를 견디는 사람은 뭐가 되지, 잠든 테리 씨가 물었고 아니, 나였을까, 꿈을 꿔도 그걸 표현할 수 있는 언어가 없다면 없는 것은 꿈일까 언어일까. 이젠 상상할 수 있다. 우리가 떠난 자리에서. 대답 대신 테리 씨의 꿈이 베개에 배어나는 것을 보며 잠이 들었는데 꿈에서 나는 대부호가 된 상우의 집을 아니, 그의 저택을 방문했다. 거실까지 가는 데 족히 반나절은 걸릴 것 같았고 상우는 제프리 레보스키처럼 긴 머리를 찰랑이며 소파에 앉아 화이트러시안을 마시고 있었다. 나는 그의 거실에 있는 그림들을 보고 있었고 내가 그것에 흥미를 보이자 상우는 말했다. 지금 가져갈 수 있다면 그건 다 네 거야. 나는 그것들을 가져가고 싶었고 그러나 도저히 혼자 가져갈 수 없을 것 같아서 한참을 바라보았다. 꿈에서 깬 다음엔 그 문장을 노트에 적어두었다. 내 노트엔 그런 문장들이 많다.

상우가 말하길

이를테면,

　　삶은 러시아로부터 점진적 진보를 꿈꾼다.

　　사운드는 언제나 동쪽에서 온다.

　　여기서 북서울미술관까지는 13킬로미터다. 나는 서른
네 살에 죽는다.

　　어느 극장에나 영사기사는 있다.

　　모두가 앞을 봐서는 안 된다.

　　질문들이 우리에게 알려주고 있어. 형태는 무엇을 의미
하는가.

　　넌 지금 나한테서 뭘 찾고 있는 거야?

　　재밌기 때문에 누가 썼는지는 중요하지 않지만 재미가
없기 때문에 그것은 중요해진다.

　　지금 가져갈 수 있다면 그건 다 네 거야.

　　영혼이 죽은 사람은 삶도 필요가 없대요. 죽은 사람에게
말을 거는 것, 그게 소설 아닌가요?

　　나만 알던 문장들, 이젠 나도 모르게 되었네.

Band Of Outsiders

보여드리고 싶은 게 있는데 보여드릴까요? 기다리던 최후는 오지 않고 테리 씨가 왔고 기다림은 너무 오래된 언어고 우리는 위치하기 위해 존재하는 것이 아니다. 텅 빈 화면은 미숙하기 그지없어 보이고 거기 뭔가를 채워 넣고 싶다는 마음을 견딜 수 있으신가요, 오래된 서점에서 오래된 생각만 했다고 테리 씨와 함께 간판도 없는 카레집에서 카레를 먹었고 자꾸만 밤이 되네요, 얘기를 듣고 걷다 보니 그렇게 되었고 밤은 마치 테리 씨가 불러낸 것 같았고 아마 이젠 괜찮을지도 모르겠어요. 중독되는 편이 언제나 더 낫다고 철저하게 훼손된 다음 세심하게 복원당하고 싶다, 거기에 왠지 삶이 있을 것만 같아서 저도 거기 데려가주세요. 실재의 중독자들. 그런 말도 했었지. 보여주고 싶은 건 어떤 건가요? 집으로 상우의 편지가 왔는데 보실래요? 그런데 봐도 알 수 없을 수도 있어요. 테리 씨의 집에는 정말 상우의 편지가 있었고 그건 독일어로 적혀 있었으며 테리 씨의 말대로 나는 봐도 알 수가 없었기에 생각해보았고 보고 싶어도 볼 수 없을 수도 있고 난 아직 그런 것들을 이해하기엔 인간이 덜된 것 같아, 덜되었어, 아니 그건 덜된 게 아니야 그저 보고 싶은 거야. 언제부터 상우는 독일어를 했을까. 몇 개월 전부터? 몇

상우가 말하길   77

년 전부터? 아니, 어쩌면 처음부터. 내가 상우를 알기 전부터. 읽을 수 있는 부분은 테리 씨가 읽어주었다.

시간은 원래 많았는데 여기서는 더욱 많게 느껴집니다. 그동안 전 많이 변했습니다. 그건 시간의 문제라기보단 저의 문제 같아요. 아마 절 보시더라도 알아보지 못하실 거예요. 여긴 브라우니의 고장입니다. 그걸 아시나요? 전 매일 다섯 개의 브라우니를 먹습니다. 이 근처에 극장이 있다고들 하는데 두 달째 여기 있지만 전 극장이라곤 어디 붙어 있는지 도무지 모르겠네요. 미조구치 겐지의 특별전이 상영된다고 들었는데 극장이 없어졌거나 모두가 미쳤거나 아니면 제가 너무 외롭기 때문이겠지요. 대신 여기엔 안토니오 타부키의 모든 책이 번역되어 있습니다. 그것이 우리에겐 잘된 일일까요? 거긴 봄인가요? 여기서 계절은 중요하지 않아요. 점점 그렇게 되고 있고 (계절이 다시 올까?) 방금 공동묘지 근처에서 개 한 마리가 절 오랫동안 쳐다보곤 지나갔습니다. 그런 게 저에겐 계절보다 중요하게 느껴져요. 여기서 누군가는 여전히 저항하고 있습니다. 거긴 어떠신가요? 저는 아직 견디고 있는 편입니다. 가끔은 웃는 척을 해보일 수도 있습니다. 끝을 생각하는 건 습관인 것 같아요. 그 습관이 우릴 바꿀 수 있을까요? 그 변화를 우리가 견딜 수 있을까요? 그때 말하셨던 악몽은 지금도 계속되고 있나요? 아직 깨어나는 중이신지? 매번 다른 장소에서도 같은 악몽이 가능하다는 것은 결국 시차의 문제일까요? 이젠 저보다 악몽의 밀도를 믿어보세요. 그런 다음 더는 아무것도 믿지 마세요.

테리 씨는 편지에 대해 말했고 사실 그건 죽음에 대한 얘기였지만. 밤새 얘기를 하느라 우린 배가 고팠는데 어쩌면 냉장고에 케이크가 있을지도 모르겠어요, 테리 씨는 말했지만 사실 케이크는 없었는데 그저 그렇게 생각하는 것만으로도 즐거울 수 있었고, 대신 오래전 상우에게 선물받았다는 위스키를 찾아냈다. 지금쯤이면 여기서 여름 햇빛 맛이 날거예요. 어떤가요? 나는 말로 잘 표현할 수 없지만 어딘가 꽉찬 기분이 들었고 같이 웃을 수도 있었으며 침대 옆에 있는 사진에 대해 물을 수도 있었지.

말 같은 거 배우지 말았어야 했다
말이 없는 세상
의미가 의미가 되지 않는 세상에서 살았다면 얼마나
좋았을까

그대가 아름다운 말에 복수를 당해도

그건 나와 무관계다
당신이 조용한 의미에 피를 흘린들
그것도 무관계다°

테리 씨. 그거 테리 씬가요? 아니요. 타무라 류이치예요.
그게 누군가요? 죽은 사람. 어떻게 죽었나요? 잘 모르겠어
요. 근데 저일지도 모르겠어요. 제가 죽인 것 같아요. 그런가
요? 친했나요? 아니요. 전 아무하고도 친해지지 못해요. 그
렇구나. 근데 너무 늦었네요. 늦었나요? 아침에 또 일하려면
좀 자야 하는 거 아닌가요? 테리 씨는 말이 없었고 미안해요,
미안해야 할 어떤 이유도 없었는데. 내가 나를 죽일 수 없었
기에 내가 나를 알아볼 수 없고 내가 할 수 있는 말은 사실 내
가 아니라서 가끔 제 삶은 이미 끝난 게 아닐까 싶기도 해요.
상우가 말하길, 우리의 얘기는 시작된 적이 없기 때문에 어
디서든 끝날 수 있다. 기억하고 있나요? 테리가 말하길, 상경
씨, 전 끝났어요. 이제 더 이상의 출근은 없을 거예요. 나쁘지
않은데요. 모든 것은 중요하다. 그렇기에 곧 아무것도 상관
없어질 것이다. 최고의 순간에조차 아무 곳에도 가닿지 않고
쇠퇴하지 않았을 때 끝나야만 하는 이야기. 이야기를 믿지
않는 사람들이 하는 이야기. 아무 데도 가지 못하는 자유로
운 이야기. 자유를 잊고 자유를 배우는 이야기. 이젠 볼 수 없

어도 살아 있다고 믿는 이야기. 있지 않고도 머무는 이야기. 머물 수 없고 잊을 수도 없는 이야기. 같이 있을 수 없어도 같이 있음을 믿는 이야기. 쓰지 않아도 존재하는 이야기. 아무일도 벌어지지 않는 좋은 이야기. 우리는 잠깐 그 안에 같이 있었고 테리가 말하길. 그 말, 이제 누구 거지? 믿는 사람의 것. 거기 어디지? 어쩌면 전보다 더 좋은 믿음을 가질 수 있지 않을까. 이젠 당신의 것. 너는 믿지 않았던 너의 것.

FIN.

○ 타무라 류이치, 「귀도」 부분.

산책하는 자들은 약속하지 않는다

규리가 물었다 규리가 웃었다 규리가 두었다 규리가 굴
었다 규리가 놀았다 규리가 누웠다 규리가 주웠다 규리가 졸
았다 규리가 좋았다 규리가 잃었다 규리가 있었다 규리가 걸
었다 규리가 감았다 규리가 잡았다 규리가 멀었다 규리가 먹
었다 규리가 몰랐다 규리가 안 했다 규리가 않았다 규리가
없었다 규리가 앓았다 규리가 꿈이다 규리가 그랬다 규리
가 그랬던 규리가 말했던 규리가 몰랐던 규리가 보았다 보았
던 규리가 있었던 규리가 좋았던 규리가 좋았다 규리가 미쳤
다 미쳤던 규리가 있었다 미쳤던 규리가 좋았다 물었던 규리
가 걸었다 잃었던 규리가 있었다 있었던 규리가 알았다 울었
던 규리가 물었다 그랬던 규리가 있었다 영화를 보았던 규리
가 미래인 규리가 미래다 말했던 규리가 언어다 미쳤던 규리

가 진리다 있을게 말하던 규리가 규리다 사라진 규리가 살았다 없어도 있을게 말하는 규리가 그랬던 규리가 규리가 규리가 규리가 규리가 공간인 규리가 시작인 규리가 시작은 규리가 시간인 규리가 슬펐던 규리가 이제는 규리가 왔었던 규리가 봤었던 규리가 잊었던 놓쳤던 규리가 규리로 규리인 규리가 규리로 온다고 했었던 규리가 갈게요 했었던 규리가 간다고 갔지만 규리가 말했지 있을게 만났던 규리가 규리로 굴었던 규리가 사적인 규리가 공적인 규리로 잡았던 규리가 놓았던 규리로 말했던 규리가 말없이 규리로 읽었던 규리가 작성된 규리로 병적인 규리가 재생될 규리로 기억될 규리가 이제는 기억으로

난독했다 난제였던 규리가 공간이었던 규리로부터 또다시 난제가 되어 그런 얼굴로 미래가 되어 혼자 가겠다는 규리에게 이제는 멀어지겠다는 다짐을 받으며 편파적이었으며 훼손할 생각만을 가능성으로 바꾸던 규리가 규리로부터 마치 오겠다는 듯 언어를 전부 잊은 얼굴로 잊을 만하면 내가 있겠다고 언어를 잊은 사람이 바로 외국인이고 그것은 언어의 문제가 아니야 그런 게 바로 스페이스 되찾을 수 있을까? 물으며 들을 수 없었던 규리가 표면뿐인 규리에서 진심인 규리가 되어 사라지는 규리가 진짜인 규리로 삶에 대해서 자

기는 아무런 할 말이 없다고 그래서 쓰고 싶다고 했던 규리가 그러니까 말해줘요 말해줘 규리 네가 누군지 네가 규리인지 규리가 너인지 규리가 너라면 말해줘 말한 다음에도 말해줘 해주세요 날 듣지 않는 규리가 믿지 않는 규리가 되어 대답 없는 규리가 없어서 내가 쓴 규리가 기꺼이 허구가 되어 기꺼이 규리가 되겠다고 내가 불렀으니까 이젠 글 말고 말로 듣고 싶어 말해줘 말해주세요 죽기 전 마지막으로 본 규리에게 아무도 날 읽을 수 없는 곳에 숨겨줘 그리고 날 읽어줘 아니 이건 규리가 내게 한 말 내가 한 말은 그러니까 규리 씨 가지 말아요 규리 씨 이제는 머물러요

언어를 배우는 가장 좋은 방법은 소설을 읽는 거라고 내가 죽었다는 소식을 들었을 때도 나는 내가 썼다는 책을 읽고 있었는데 도무지 알아먹을 수가 없었기에 나란 인간이 애초에 없다는 사실조차 납득할 수 있을 정도였고 근데 왜 낮에 죽었을까 그것도 도널드 캠멜의 영화를 보며 극장에서 가장 최근에 본 건 장 가뱅이 인명 구조 대원으로 나오는 영화였는데 그는 동료의 결혼식 날 구조한 여자와 사랑에 빠지게 되고 아내는 폭풍우가 몰아칠 때마다 언제 돌아올지 모르는 남편을 기다린다 창밖에는 늘 바다가 있어 그런 게 점점 끔찍해져 그는 왜 자신이 구한 여자와 사랑에 빠졌나 여자

는 그저 구해달라고 했을 뿐인데 이미 배에 물이 차고 여자
는 남자에게 손을 뻗었을 뿐인데 손을 잡은 그는 왜 여자를
사랑하게 되었나 왜 알지도 못하는 여자의 삶까지 구해야겠
다고 생각하게 되었나 왜냐하면 손을 잡았기 때문에 폭풍우
가 거기 있었기 때문에 그는 언제나 죽을 각오를 하고 있었
기 때문에 여자가 죽지 않았기 때문에 사실 그는 이유도 없
이 죽고 싶을 때가 많았기 때문에 자신이 살아남았기 때문에
바다가 거기 있었기 때문에 아무도 죽지 않았기 때문에 그의
아내는 그가 더 이상 자신을 똑바로 쳐다보지 않자 견딜 수
없어지고 전부터 혼자 남겨지는 것을 견딜 수 없어 했지만
같이 있어도 혼자 남겨진 기분은 더더욱 견딜 수 없어지고
날 봐! 날 봐요! 그 시선이 날 죽게 만들어 무슨 말인지 알아
요? 당신이 죽이고 있어 잘 봐 당신이 날 죽인 거야 죽는다는
말 좀 하지 말아요 난 빠져나올 거야 일도 그만두고 그럼 당
신이 더 이상 걱정할 일 없이 같이 있는 시간도 많아질 거야
그는 그저 손을 잡았고 그것이 누구의 손인지를 생각하는 중
이었는데 나가버려 당장! 그렇게 날 볼 거면 가버리라고! 가
버려요 어디든! 아무 말 없이 코트를 입는 그에게 이 시간에
어딜 갈 건데? 가지 마! 같이 있어 날 더 이상 혼자 두지 마!
밖으로 나온 그가 자신이 구한 여자에게 찾아갔을 때 기다리
고 있었다고 짐을 싸며 말하는 여자에게 그는 어째서인지 당

신을 생각했고 자신이 잡은 손이 무엇이었는지 자기가 정말 구하려고 했던 것이 무엇이었지 우린 이제 같이 있을 거예요 전 그걸 알아요 여자를 구해주었던 날 자신에게 했던 그 말이 무슨 뜻이었는지 자신이 구했다고 생각한 것이 뭐였는지 알고 싶다고 했다 그건 제가 한 번 죽은 사람이기 때문일 거예요 그건 아시죠? 그는 고개를 저었고 그럼 뭐였냐고 그때 말들은 그 손은 그 시선은 그리고 허공들 몸짓들 그림자들 갑작스러운 정전 누군가 문을 두드리는 소리만이 어둠 속에서 목소리는 남자를 찾고 있고 빨리 아내에게 가보라고 목소리가 말한다 모든 것이 다 예측 속에 있다는 듯 그런 게 마치 예측인 듯이 여자는 촛불을 밝히며 남자에게 우산을 주었고 가보셔야겠네요 곧 폭풍이 올 거예요 그럼 당신은? 저는 이제 떠나요 떠나다니 어디로? 원래 있던 곳으로 촛불은 너무 희미해서 그는 여자의 얼굴을 볼 수 없고 여자도 그의 표정을 볼 수 없고 우리도 그들의 모습을 볼 수 없지만 침대에 누운 아내의 얼굴을 볼 수 있다 너무 오래 방치했다는 의사의 말에 그는 그게 무슨 뜻인지 묻고 아내분이 말하지 않았나요 아내는 말했고 항상 말했고 난 듣지 않았지 오늘도 어제도 지난주에도 난 죽어가고 있어 그 말을 무슨 뜻으로 받아들였던 걸까 너무 심하게 말해서 미안해요 아내는 밝은 표정으로 돌아온 그의 손을 잡았고 그는 더욱 세게 아내의 손

을 움켜쥐었지 미안해 이제 정말 난 당신과 있을 거야 그렇
지만 밤은 말들을 집어삼켰고 창문으로 폭풍우가 몰아치는
것이 보였고 매번 여기서 창밖을 보며 아내는 무슨 생각을
했을까 한 번도 물어본 적이 없었고 이제야 그런 게 궁금해
졌다는 것이 그가 정말로 구해야만 했던 것을 구하지 못했다
는 것이 왜 삶에서 아무것도 발견하지 못했나 그런 생각들이
그를 마비시켰고 바다를 보고 있으면 전부 복원시킬 수 있을
것만 같아 그래서 그들은 복원 속으로 몸을 던졌나 잠든 아
내는 깨어나지 못할 거라고 그게 무슨 뜻이지 동료들이 그를
부르는 소리만이 들리고 구조라니 무슨 난 아무것도 구할 수
없어 한숨 자고 일어나면 많은 것이 달라질 거야 가져온 우
산은 어디로 갔을까 삶은 언제나 동의 없이도 계속되었고 사
랑이 죽었는데 사랑을 사랑할 수 있나 그런 질문 없이도 지
속되는 건 멀어지는 뒷모습 텅 빈 방을 보여주는 카메라 장
면이 바뀌면 우비를 입고 동료들과 함께 갑판 위에 서 있는
그의 모습이 보인다 바다는 그에게 삶을 가르치려 하고 있었
고 폭풍우를 바라보는 장 가뱅의 얼굴 클로즈업

극장에 불이 켜졌을 때 남아 있는 사람은 나와 노인뿐이
었는데 움직이지 않았기에 기도하는 것 같았고 어쩌면 정말
기도였는지도 여기서 곧 영화가 시작되는 게 맞는지 큰 목소

리로 물었고 내가 고개를 끄덕이자 만족스러운 듯 자리로 돌아갔다 맹인일지도 몰라 선글라스를 쓰고 있었기에 그렇게 생각했는데 오히려 그 편이 나을지도 모르겠어 뭘 기다리고 있는 거지 그의 눈은 보이지 않았고 그래서 계속되는 것일까 꼼짝도 하지 않는 뒷모습을 바라보며 빛은 우리를 생각하게 만들어 누가 내 뒷모습을 오랫동안 봐줄 것인가 그런 생각은 가능했고 아무도 봐주지 않을 내 뒷모습을 생각하며 그를 한동안 시선 속에 담은 뒤 밖으로 나왔다 그를 깨웠어야 했을까 아니 우린 그의 선택을 존중해야 해

　규리의 표정을 보며 아주 짙은 불면에 시달릴 것이라 예상했고 새벽에 전화했었어? 미안해 그건 내가 아니야 그것을 기다릴 것이고 나를 얼마나 강하게 짓누르는지 보리라 볼 수 있다면 견딜 수도 있을까 무엇이든 자꾸만 소모하고 싶다는 생각이 드는 건 가진 게 아무것도 없기 때문에 무언가를 가질 수 있을 거라는 생각은 언제나 부자연스럽게 느껴졌기에 규리는 자신이 미쳤거나 미쳐가고 있다고 생각했는데 자신이 미쳤거나 미쳐가고 있는 사람하고만 대화할 수 있었기 때문에 그렇게 생각하니 확실히 난 미친 것 같았고 그렇기 때문에 규리도 미친 걸까 내가 규리의 근거가 되기 때문에 규리는 자신의 집에 누군가 있다고 그건 자기인 거 같다고 담

배를 사러 갔다 온 사이에 들어온 것 같다고 던힐 파인컷 마스터를 피우며 졸지에 규리는 자기 집의 침입자가 되었고 이런 경우 어떻게 하면 좋을지 몰라 여기까지 왔지 그 사실이 규리를 미치게 만들었을까 아니면 나였을까 규리 근데 넌 지금 어디 있어 그런 건 문제 될 게 없다 했지만 진짜 문제가 뭔지는 알 수 없었고 규리는 언제나 균형에 집착했는데 결과적으론 그것이 균형을 망가뜨렸고 어쨌든 여기 있으니까 일단 여기에 있어도 좋다는 내 말에 규리는 알겠다고 자기는 여기 있을 거라고 말하는 동안 해는 어느새 지고 있었고 그 사실은 우리에게 평행을 가르쳐준다

　도널드 캐멜은 자신의 캐릭터 정체성 신뢰와 배신을 강조하기 위한 방법으로 폭력을 사용했지만 자신이 정말 관심을 갖는 것은 폭력의 배음을 포착하는 것이라고 카메라가 있는 곳에는 언제나 폭력이 있다 혹은 그의 말에 따르자면 폭력의 배음이 있고 카메라는 폭력을 증폭시키는 도구가 된다 니콜라스 뢰그와 공동으로 연출하고 믹 재거가 은둔의 록 스타로 출연한 「퍼포먼스」는 1968년 9월부터 12주 동안 4천 파운드의 예산으로 완성되었지만 워너브러더스에서의 첫 상영 때 자신들이 예술영화를 제작한 줄 알았던 스튜디오 중역들은 영화가 끝난 뒤 oh shit!을 연발했고 중역의 부인 중 한

명은 화장실로 달려가 그날 먹은 와인과 치킨샌드위치를 게 워냈으며 누군가는 삽을 들고 스튜디오 뒤쪽으로 나가 영화를 묻어버리겠다고 소리를 질러댔다 결과적으로 워너브러더스는 「퍼포먼스」의 개봉을 무기한 연기했고 이것을 시작으로 도널드 캠멜의 영화들은 그가 스스로 목숨을 끊을 때까지 줄줄이 박스오피스에서 그야말로 사형당했다 1995년 캠멜은 그의 아내인 차이나 콩과 함께 각본을 쓰고 조안 첸과 크리스토퍼 월켄을 캐스팅하여 5백만 달러의 제작비로 「와일드 사이드」라는 도발적인 영화를 만들었지만 제작사가 자기들 마음대로 애초에 두 시간 30분이었던 영화를 92분짜리로 편집하여 케이블 TV와 비디오 시장에 내다버렸으며 그는 제작자들이 편집한 버전을 보고 자신의 이름을 도둑맞았다! 제작자가 자신의 것을 약탈해 갔다!고 절규하다가 결국 1996년 4월 23일 자신의 머리에 사냥용 엽총을 발사했다 아내의 회고에 따르면 구조대가 도착한 뒤에도 의식이 사라질 때까지 또렷한 목소리로 사람과 장소 및 계획을 지속적으로 열거했다고 한다 예술 같은 건 믿지 마 믿음은 하나의 내러티브에 불과해 영화여! 줄거리를 없애라! 방금 앤디 워홀이랑 얘기했어 오! 도널드 얘기하지 말아요 목소리를 아껴요 걱정마 난 지금 당신의 꿈을 꾸는 중이야 구급차가 할리우드 힐스에 있는 그의 집을 찾는 데 그렇게 큰 어려움을 겪지 않았

더라면 그의 삶은 조금 더 연장되었을지도 모른다 그의 죽음
은 언론으로부터 거의 아무런 관심을 받지 못했지만 2000년
에 캠멜 영화의 편집자이자 프로듀서였던 프랭크 마졸라와
차이나 콩이 「와일드 사이드」의 디렉터스 컷 버전을 공개하
여 몇몇 비평가들의 호의적인 평가를 얻기도 했다 총의 목적
은 죽음이 아니다 영화의 목적이 삶이 아닌 것처럼 영화는
삶의 반영이 아니다 아무것도 반영하지 않을 때 영화는 현실
이 된다 카메라를 통해 비현실은 전염된다 구글번역기를 돌
려가며 도널드 캠멜에 대해 알아낸 것은 그런 것들뿐이었고
그날 나는 유튜브로 「퍼포먼스」를 검색해 앞부분을 좀 보다
가 도널드 캠멜이 출연했다는 에릭 로메르의 「수집가」를 보
았는데 영화가 끝난 뒤에도 그가 도대체 어느 장면에 나왔는
지 알 수 없었다 영화의 후반부에 바다가 어디냐고 묻는 미
국인 관광객에게 주인공은 바다와 반대 방향을 가리키며 저
기 바다가 있다고 대답한다 나는 그가 도널드 캠멜이라고 생
각했다

    아는 것과 모르는 것은 동시에 온다 그렇기 때문에 규
리 씨 정말 당신이야? 어두운 곳에서 규리는 뭔가 보고 있었
고 『드러누운 밤』을 보고 있어 앉아 있으면서 여기 없을 거라
고 생각했어 규리는 집에 있었고 우리 집에도 규리는 있었으

니까 자꾸 이름을 불렀고 뭐가 보여? 규리 씨 백 번쯤 부르면 한 번쯤 규리가 되는 규리는 거기 뭐가 보여? 너무 어두운데? 안 보여 읽고 있어 그래도 뭘? 『드러누운 밤』 코르타사르 규리는 눈이 아닌 다른 무엇으로 책을 읽는 듯했고 난 이해할 수가 없어 이게 무슨 내용인지 넌 알 수 있어? 난 기억이 안 난다고 했다 벌써 밤인데 밥은? 실패했어 잠은? 두 번이나 토했어 장소? 아까부터 상상했어 약은? 지루할 뿐이야 음악이라니 어떤 음악? 변기에 버렸어 이제 어디서부터? 그건 내가 아니라 고양이야 상담은? 죽어버려! 간결함 같은 거그래서 어디 있을 건데? 오늘을 너무 믿었나 누군가 날 찾고 있다고 생각하면 기분이 좋아져 날 찾았어? 여기 있잖아 그게 오늘이었고 보이는 것만 너무 믿었나 내일도 오늘처럼 오게 될까 거기도 있고 여기도 있다고 해서 외롭지 않은 건 아니겠지 어쩌면 더욱 그럴지도 사실 죽은 건 나였는데 우리가 했던 말들을 너무 믿었나 이젠 아무것도 축적되지 않아 규리는 어디에 있어도 규리고 여기 있는 규리는 내게 말을 한다 여기 있을래 묻고 책을 읽어줄래 묻기에 여기 있겠다고 규리가 있는 곳에 나도 있겠다고 생각하며 내가 있을게 내가 읽을게 『드러누운 밤』 어둡지만 드러누웠으니까 그래서 날 찾았어? 아직 찾는 중이야 죽은 작가의 책을 보면 그런 생각이 든다 그는 존재했나 그는 옳았나 몇 번의 자살 시도 끝에 그는 살아남았나

누군가는 대전에 간다고 했고 누군가는 가지 않겠다고 했다 대전에 간다고 한 사람은 수완지구에서 나를 마주쳐 인사했고 누굴 기다리고 있느냐고 난 떠나는 중이라고 다시 오지 못할 거 같다고 작별은 언제나 갑작스러운 거니까 광주극장에 앉아 파스칼 키냐르의 『은밀한 생』을 읽고 있는 내게 애정과 우정의 차이는 삽화와 유화의 차이와 같다는 게 무

슨 뜻이냐고 왜 자꾸 그것에 대해 생각하게 되는지 모르겠다고 물었을 때 읽어주신 『은밀한 생』의 한 대목을 요즘도 가끔 떠올린다고 책을 샀는데 읽어주셨던 부분이 예전 같지 않다고 대전에서 다시 한번 읽어볼 생각이에요 잘 기억나지도 않을 시간만 자꾸 사네요 커피 고마웠어요 그렇지만 수완지구가 어딘지 난 알 수 없었고 대전에 가지 않겠다는 사람은 뉴욕 구겐하임미술관에서 힐마 아프 클린트의 전시를 보던 나를 봤다고 근데 패티 스미스의 공연은 어땠냐고 게티즈버그 거기였나요? 나는 고개를 저었고 게티즈버그가 어디 붙어 있는 건지도 모르겠는데 거긴 지금 폭풍우가 몰아친다고 하더군요 날씨를 조심하세요 우리는 환각의 산물이며 실감은 언제나 가능성이다 날씨에 대해 얘기하는 것만이 갈수록 중요해진다 만약 가게 되면 편지 쓸게요 바람이 부니까 그런 말은 하지 않았고 아무리 닫아도 창문은 자꾸만 열려 있고 생각으로만 닫았기 때문일까 생각하다가 날 그렇게 바라보는 건 좋지 않아 내가 너무 자세해지잖아 그 시선이 내가 뭘 할지 결정하게 만들어 내가 밖을 견딜 수 있을까 근데 이런 거 물어봐도 되나 생각하며 묻지 않았던 것들 다음이 오지 않을까 봐 생각을 굴절시키고 프리즘처럼 도대체 뭐가 달라진 거지 아무것도 달라진 건 없었지만 그렇게 묻는 순간 모든 것이 달라졌지 마치 무언극처럼 감정을 왜곡시키고 잘못 기억

된 이름처럼 기다림은 언제나 갱신되고 기다리지 않는 순간
조차도 나는 기다리고 있는 것 같고 배신당한 평행선처럼 존
재하지 않는 어린 시절처럼 내가 여기 있는 건 과거와 현재
를 잇는 과정일 뿐일까 시제를 버리고 다시 바라보자 규리는
지금 과거에 있나 여기 있어도 너무 멀리 있고 가까이 있으
면 보이지 않는 것처럼 생각할 때마다 이 생각은 너인 것 같
다 생각을 하고 생각을 견디자 네가 견디면 나도 견딜 수 있
겠지 가만히 보고 있을 때마다 규리는 나인 것 같다 그렇지
않고서는 많은 것을 설명할 수 없다 어디 갔다 왔어 밤에 왜
날 몰라봤어 왜 안경을 쓰고 자냐고 안경 벗은 모습은 부끄
럽다고 이미 많이 봤는데도 아침에 한 번도 동의한 적 없지
만 어두웠던 것들이 밝아지는 것처럼 그래야 꿈을 선명하게
볼 수 있으니까 규리는 말하고 날 그렇게 보지 마 어쩌면 생
각을 만들려 했고 나를 만들려 했고 근데 규리 넌 어디 있어
미안해 이건 내가 아니야 규리는 이동 속에 있고 이동할 것
이다 그곳에서 이곳으로 안에서 다시 안으로 규리에게서 규
리로 이 두 문장의 차이를 모르겠다 차이점은 현재에 있다

　악몽을 꿨다고 오후쯤에야 다시 눈을 떴고 네가 보낸 문
자를 받았다 새절역에서 버스를 탔고 답장을 보낸 뒤 꿈에서
도 난 계속 너의 얘길 들었는데 어떻게 그럴 수가 있느냐고

왜 자꾸 날 잃어버려? 네가 진짜 잃어버린 건 네가 뭘 잃어버렸는지도 잃어버렸다는 거야 당신을 때려도 되나요? 당신을 무찔러도 되겠습니까? 너 같은 거 내가 무찔러볼까요? 넌 병이 나게 될 거야 분명 분명히 날 잃어버렸으니까 병이 나게 된다 내가 없으면 넌 병이 나지 안타깝지만 그렇게 된다 될 것입니다 그래야만 하고 그 병은 내가 되어야 해 병이 된 내가 찾아갈 거야 널 앓아눕히고 눕게 하고 차라리 죽었으면 하고 생각하게 만들고 숨을 막히게 하고 죽은 다음에도 죽게 하고 지독하게도 앓게 되겠지 그럼 넌 알게 되겠지 그게 나였다는 걸 내가 나였다는 걸 아는 사람이 사라지면 그때 난 없는 거야 왜 자꾸 날 없게 만들어? 너 같은 거 죽어버려! 죽은 줄도 몰랐던 인간들은 다 죽어버려! 그래서였을까 내가 죽었던 거 소리 내어 웃어주던 사람들 그런 사람들이 곁에 있었던 것만 같고 이젠 기억나지 않지만 웃음소리 미안해 규리 그건 너였던 것 같고 악몽은 이제 더 이상 끔찍하지 않아 끔찍한 건 눈뜬 다음부터야 더 이상 개인적일 수가 없고 벗어나고 싶다는 생각이 드는 순간 모든 건 악몽이 돼 왜 그런 말은 잠꼬대하듯 하게 되는 걸까 생각을 적출해버리고 싶어 이제 추억이나 희망에 기대 살지 않는 방법을 알아냈어 나의 무능은 지속할 수 없다는 거야 한계를 명확하게 보는 그 시선이 무섭네 잊을 수 있는 건 재능이야 그렇게 보지 마 이제

는 눈을 감고 나를 봐줘 그리고 말해줘 말해 말 좀 해줘 규리
는 침묵을 마음에 들어 했지만 갈수록 그것 때문에 숨이 막
힌다고 오하시 준코를 틀어놓고 귀가 먹먹할 만큼 옆집에서
찾아왔었지 소리를 좀 줄일까 안 돼 그러면 어지러워 머리가
먹먹해졌고 침묵의 성질이 변하고 있어 소음으로 달아나 그
것이 규리를 살리리라 말해줘 나는 말했고 규리를 살리는 말
아주 조용한 곳에 가서 더욱 조용해지자 그렇게 말하면 사라
지자는 말이야? 아니 조용해지자는 거지 살지 않겠다는 거
야? 아니 그냥 더 조용해지자는 거고 그건 같이 있자는 거야
아무도 나를 들을 수 없는 곳에 데려다줘 그러나 내 목소리
는 너무 작아서 규리에게 들리지 않고 아무에게도 들리지 않
아서 그런 것이 상처라면 내가 규리에게 줄 수 있는 상처를
주고 싶다 나만이 줄 수 있는 상처 규리만이 내게 줄 수 있는
상처로 가득하고 싶다 우리 가득할까 가득해볼까 그럼 회복
될 때까지 생각할 것이고 회복될 수 없다면 더욱 선명해지겠
지 그것이 우릴 방패처럼 지켜주리라 기억하게 만들어줄 것
이고 기억하고 있으니까 아직은 모든 것이 무사해 여기 있고
같이 있으니까 시간을 들여 생각만 하면 된다 생각으로 죽음
을 대체할 수도 있고 오키나와처럼 나는 따뜻하고 싶었고 규
리를 데려가고 싶었고 좋은 곳일 거야 가본 적은 없지만 따
뜻한 곳이니까 매번 지나치지만 한 번도 내린 적 없는 역처

럼 현명해지고 싶었고 주말의 우편배달부처럼 불가해하고 싶었고 텍사스 변두리 레스토랑의 웨이트리스처럼 강해지고 싶었고 프롤레타리아혁명에 대해 생각하고 싶었고 카우보이를 꿈꾸는 사무라이처럼 넓어지고 싶었고 규리가 있을 수 있는 곳으로 규리를 데려가고 싶었고 이제 우린 따뜻해질 거야 내가 생각하고 있으니까 그럼 이제 말해! 날 깨어나게 해 줘 말해줘! 무찔러버리기 전에 말해봐! 규리는 90분 동안 존재했다 규리는 일주일 동안 존재했다 규리는 3개월 동안 존재했다 규리는 우산도 없이 흠뻑 젖은 이반 세르게예비치 투르게네프처럼 존재했다 규리는 6월의 수용소처럼 존재했다 규리는 적란운처럼 존재했다 규리는 4월에 오겠다는 거짓말처럼 존재했다 규리는 무생물처럼 존재했다 규리는 펼쳐놓은 시집의 커피 자국처럼 존재했다 규리는 반복되는 꿈속의 버스 정류장처럼 존재했다 규리는 찰리 파커가 죽기 전에 마지막으로 피운 대마초처럼 존재했다 규리는 네잎클로버처럼 규리는 영동대교처럼 규리는 독이 든 산토리 위스키처럼 규리는 규리의 존재는 존재하겠다던 규리는 규리는 규리는 근데 있잖아요 저 기분이 이상해요 저 이상해졌어요 말해 계속 계속 말해줘요 말해줘 어서! 규리 씨 규리 씨 규리 씨 규리 씨 규리 씨 규리 씨 규리 씨 규리 씨 규리 씨 규리 씨 규리 씨 규리 씨 규리 씨 규리 씨 규리 씨 규리 씨 규리 씨 규리 씨

규리 씨 규리 씨 규리 씨 규리 씨 규리 씨 규리 씨 규리 씨 규리
씨 규리 씨 규리 씨 규리 씨 규리 씨 규리 씨 규리 씨 규리 씨
규리 씨 규리 씨 규리 씨 규리 씨 규리 씨 규리 씨 규리 씨 규리
씨 규리 씨 규리 씨 규리 씨 규리 씨 규리 씨 규리 씨 규리 씨
규리 씨 규리 씨 규리 씨 규리 씨 규리 씨 규리 씨 규리 씨 규리
씨 규리 씨 규리 씨 규리 씨 규리 씨 규리 씨 규리 씨 규리 씨
규리 씨 규리 씨 규리 씨 규리 씨 규리 씨 규리 씨 규리 씨 규리
씨 규리 씨 규리 씨 규리 씨 규리 씨 규리 씨 규리 씨 규리 씨
규리 씨 규리 씨 규리 씨 규리 씨 규리 씨 규리 씨 규리 씨 규리
씨 규리 씨 규리 씨 규리 씨 규리 씨 규리 씨 규리 씨 규리 씨
규리 씨 규리 씨 규리 씨 규리 씨 규리 씨 규리 씨 규리 씨 나
는 말했지 규리를 살리는 말 이제부터 진짜 사는 거야 우리
는 죽음은 도망치는 것이 아니라 삶에서 불리지 않았던 이름
이고 거기서부터 배우면 되고 감정은 이제부터 버리면 된다
이제는 생각들이 죽음을 파헤친다 머리로는 이해할 수 없는
것을 우리는 머리로 이해했다 차이점은 어디에도 없다

    나는 도널드 캠멜이 쏜 총에 맞아 죽었다 그가 들고 있
는 게 총이라는 이유만으로 너무 많은 말을 했다 관통한 세
발의 총알 그건 그저 증명하고 있는 것 같고 비주얼 프루프
그렇지 않다면 나는 믿지 않았을 것입니다 전화를 받으면 누

군가 나의 죽음을 전해주었는데 오래전부터 그것을 기다려
온 것만 같고 규리가 말하길 죽은 건 네가 아니라 목소리야
이젠 그걸 찾아야 해 죽은 규리의 부패한 생각 속에서 총은
발견되기도 했고 그건 질문이 되기도 했고 뭐라고요? 누가
요? 누가 죽었다고요? (저요 저 말이에요) 얼음처럼 차가워
그건 난데 그건 사실 나야 총은 발사되기 전까지만 비밀을
간직하고 있다 그 총을 열어보니 기다림으로 바꿀 수도 있었
던 풍경이 풍경을 열어보니 같이 걸을 수도 있었던 여름밤이
그 밤 안에는 이제는 아무 상관 없다는 말이 그 말 속에 있던
규리가 쓰지 않았던 답장이 그 답장을 기다리며 내가 썼던
일기 속의 규리가 내게 묻기를 내 목소리는 지금 어디 있느
냐고 그게 말하고 있는 게 뭐냐고 아직 향하고 있는지 물으
면 내가 대답할 텐데 묻지 않았던 질문 속의 규리는 택시 뒷
좌석에서만 할 수 있는 얘기를 하며 어딜 가는 거냐고 물으
면 자기도 모르겠다고 가야 할 곳이 어디인지 모를 때 우리
는 상상하게 되는 것 같다고 알아야만 기억할 수 있는 건 기
억의 문제 같다고 모르는 것도 우리는 기억하지 않느냐고 꿈
을 애정을 생각해보라고 우리는 언제나 모르는 사람을 좋아
하게 되고 그리워하게 되지 않느냐고 어젯밤을 떠올려보라
고 우리가 누구에게 기도하는지를 날씨와 계절을 생각해보
라고 우리가 기억하는 어제를 그립다 내가 없는 순간들 기억

속에 내가 없던 삶들 밖으로 시계탑이 보였고 규리는 갑자기 저기 가는 거냐고 저기 가고 싶다고 근데 시간은 갈 수 있는 게 아니라 바라보는 거고 가고 나면 거긴 더 이상 아무것도 아니게 돼 내 눈에 보여 절망하지 않는 사람들의 절망까지 그런 건 바라보는 게 아니라 예상하는 거야 이젠 줄게 앉아 있는 자들에게 축복을! 그게 뭐야 누구였지 그게 뭔데 구겐하임미술관에서 힐마 아프 클린트의 전시를 보던 사람이 말하길 끝까지 절망해야 한다고 왜냐면 끝이 아니니까 동어반복 그것은 살기 위한 몸짓 같고 의미가 없는 사람들은 가끔 죽기도 한다 더 이상 시를 쓰지 않는 시인이 말하길 내가 했던 말들이 나를 태우고 어디론가 가고 있어 그걸 위해 말을 하는 것일까 그렇다면 결국 언어는 침략인가 진리들은 더 이상 아름답지 않고 자라난다 수완지구에서 파스칼 키냐르를 읽던 사람이 말하길 삶과는 무관한 말을 하고 싶은데 어떤 말을 해도 삶과는 무관할 수 없고 말하자면 그것은 집착인 것만 같고 날씨와는 가끔 대화하는데 날씨는 아무런 말이 없다고 모르는 사람과는 자꾸 약속을 했다 아무도 날 알아보지 못했으니까 이제는 약속들이 나를 알아본다

밖에서 담배를 피우며 규리는 창을 두드렸고 내 쪽으로 연기를 뿜으면서 감각이 침몰하는 것을 가리켰지 들었냐고

카페 문을 열자 너는 다시 현실로 들어오는 것 같았고 이해할 수 있었냐고 이름을 불렀지만 대답하지 않았고 알아들을 수 없었기에 규리는 종이에 내 이름을 써서 보여주었다 이게 나란 말야? 마치 버려진 식민지 같은데 이해할 수 없었고 굴절되어 있었기에 아마도 넌 오늘 생일인 것 같아 그런 기분이 드네 원래 생일이 다섯 번쯤 있었는데 다 어디 갔는지 모르겠어 카페 화장실엔 비밀번호가 있었는데 주인에게 물어보니 쓰시마 슈지의 생일이라고 그가 죽은 날이기도 하고 그래서 그게 언제냐고 0619 화장실은 건물 밖에 있었고 근데 왜 하필 쓰시마일까 이따 물어봐야겠다 생각했는데 아마도 우리를 생각하게 만들기 위함인 것 같았고 쓰시마를 좋아하는지 물어보니 그는 좋아하지 않는다고 사실 별생각이 없다고 근데 쓰시마는 죽을 때를 알고 있었던 것 같다 인간들이 싫지만 그들이 죽음을 선택하는 방식은 좋은 것 같다고 듣다 보니 나도 태어난 날과 죽는 날을 일치시켜야겠다 꼭 그래야만 할 것 같다는 느낌이 들었고 규리는 내가 썼다는 책을 읽고 있었는데 자기는 이해할 수 없다며 「작가의 말」을 읽어주었다 저는 아무도 이 책을 읽지 않을 거라 생각하지만 누군가 이걸로 강을 건너거나 공중 부양을 할 수 있을 거라고 생각합니다 이게 뭐야 미친 새끼 아닌가 그럴 때면 내가 죽었다는 것이 떠올랐지 닮지 않았어? 규리는 멍하니 창밖을 보

고 있는 카페 주인을 눈으로 가리키며 꼭 20년 후의 나 같지
않느냐고 그럴지도 모르겠네 난 대답하지 않았고 창밖에서
우리를 바라보며 바다가 어디 있느냐고 묻는 외국인을 보면
서 내가 알던 누군가와 너무 닮았는데 생긴 것보다는 느낌이
그게 누군데 이젠 없는 사람 느낌 같은 거 너무 믿으면 안 돼
알잖아 알지 나도 알아 규리는 모르고 있었고 저게 미래라면
너무 가까워 보이는데 언어가 자꾸 삶을 가능하게 하고 있어
Go to hell with your logic! 그건 그림자처럼 기능해야 한다
고 After Action 언어가 널 지배하게 해선 안 돼 카메라는 이
미지로부터 우리를 보호해야 한다 내게 있어 진정한 우상은
리얼리티다 나는 그가 도널드 캠멜이라고 생각했다 My car
is burning 그는 걸어가야만 한다고 걷는 장면이 많은 영화
는 언제나 좋고 산책은 이미 오래전부터 우리가 살아 있지
않음을 인식하게 만들어준다고 더 이상 새로운 것은 없고 그
것들이 정말 생생하게 보일수록 죽음은 분명한 것이라고 날
씨가 안 좋으면 우리는 날씨를 이겨내야 한다는 이유로 좋으
면 이런 날씨를 그냥 지나칠 수 없다는 이유로 아주 오랫동
안 걸었지 걷는 사람의 뒷모습 그것은 언제나 완벽해 보이고
걷고 있으니까 그것은 불타오르고 있었고 저건가 저게 할리
우드인가 질산염 때문이라고 차라리 잘된 것 같아 클리블랜
드에선 가능한 일이지 그런데 도널드 당신이 알지 못하는 많

은 일이 있어 당신이 나를 알지 못하는 것처럼 당신의 카메라가 기억하는 것처럼 도널드는 웃었지 기억이 위험하진 않나요? 존나 위험하죠 저도 저를 잊은 것 같은데요 나는 도널드 캠벨이 아니다 내가 규리가 아니기 때문에 규리는 내가 아니며 나는 내가 아니다 총을 맞은 다음에야 나는 삶을 깨달았지 그가 말하길 나는 그러니까 도널드 그걸로 날 쏴줘! Shot me! 한 발은 내 삶에! 한 발은 내 기억에! 그리고 한 발은 내 미래에! 실패한 프로젝트들이 있다 그것들은 실패했기 때문에 삶처럼 기능하였다 Shot me! Donald! Shot! 그의 죽음은 상상력이야 그게 우리를 여기로 데려온 거라고 장면들의 총합은 언제나 이야기보다 크다 그래서 뭐가 달라지죠? 아무것도 그렇기에 모든 것이 카페는 이제 닫는다고 우리가 나간 후 주인이 불을 끄고 문을 닫자 마치 세상이 끝난 것만 같았고 그의 태도가 정중했기 때문일까 세상이 끝난 기분이야 정말 끝난 걸까 내가 묻자 끝났어 규리는 대답했다 달라진 건 아무것도 없어 그저 우리는 하나의 시각을 얻은 거야 계속되고 있는 것 같다고 누군가가 얘기했고 도널드였나 우리는 못 들었거나 못 들은 척했고 들었다고 해도 이해할 수 없었을 것이고 이해할 수 있었다면 받아들일 수 없었을 것이고 계속되고 있었다 누군가는 받아들이고 있을까 규리와 나는 함께 서서 왠지 눈이 오고 있는 것 같다고 불타는 차를 바

라보며 그것은 애쓰고 있는 것 같았고 우리를 제외한 모두가
겨울 속으로 들어가고 있었다

이젠 뒷모습만으로 시간을 알 수 있고 음악은 펼쳐진다
공간처럼 의식될 수도 있고 나는 그 리듬을 좋아했습니다 지
금 생각해보면 생각할 수 있다면 내가 생각으로 벗어날 수
있다면 인식하고 변화할 수 있다면 꺼진 텔레비전을 바라보
며 그건 누구에게도 영향을 미치지 못한다고 그러니 우리는
서로를 더 잘 목격해야 한다고 그것만이 중요한 것 같다 생
각하다가 어디까지 생각하고 있었어? 물으면 나는 목격했고
예감들은 정교해진다 양림동에서 알 수 없을 때는 상상해봤
고 그런 걸 상상이라고 배웠으니까 신기한 일이야 샤워하면
서 피우는 담배는 냄새가 나지 않는다고 호텔 알파빌에서 규
리는 서랍을 뒤지며 성경을 찾다가 주상복합이라는 말은 나
를 비참하게 만들어 성경은 없었고 성경에는 없는 말들 읽을
것들이 필요해서 우리는 아무것도 이해할 필요가 없다 당신
이 시간을 바라보는 방식 담뱃갑에 적혀 있는 문구를 읽다가
규리는 말했고 알약과 함께 5백 밀리리터를 다 마신 뒤에도
목이 말라 물이 우리를 오염시키고 있는 건 아닐까 그런 말
을 하진 않았지만 받지 마 그게 널 죽일 거야 그 목소리가 널
죽이게 될 거야 그치만 규리 너일 수도 있잖아 방 안의 전화

가 울렸을 때 이젠 모르게 되었고 이제 나는 알던 것들만 모를 수 있다 누구의 전화도 받지 않겠다고 나는 규리의 그림자이고 너는 더 이상 지속할 생각이 없고 새벽 3시 불 켜진 화장실 그게 나보다 나에 대해 더 많이 알고 있는 것 같아 삶에 대해 나보다 더 많은 것들을 얘기하고 있는 것 같고 욕실에서 거울을 보다가 우리는 분열되는 형식이다 약이 우리를 분열시키고 있는 건 아닐까 말하다가 떨어뜨린 컵은 깨지지 않았고 처음엔 모두가 이해할 수 있다고 말한다 처음이었으니까 못 하겠다고 말한다 이제는 못 하겠다고 혼자서 카페에서 안 하면서 쓰면서 가면서 기다리면서 무릎 위에 앉은 이름 모를 개를 쓰다듬으면서 더는 묻지 않으면서 시계를 보면서 걸으면서 지나가면서 걷지 않으면서 보지 않으면서 레몬케이크를 먹으면서 아무것도 기대하지 않는다고 말하면서 예감하면서 가까이 있으면서 그건 아직 가본 적 없는 얼굴이라고 말하면서 멀리서 오지도 않을 것들을 생각하면서 이해하지도 못하면서 길 위에서 멀어지지 말라고 말하면서 지하보도에서 거리는 지루해 보였고 이 말 속에 묻히고 싶다고 규리는 말하면서 오웬기념각에서 밖을 보면서 안에 있는 나를 보면서 밖에서 보면 절대 이해할 수 없을 거야 거긴 밖이니까 저기가 우리의 무덤이 될 거야 기대하면서 금준미를 마시면서 허공에 알 수 없는 글씨를 쓰면서 거기 뭐가 있느냐

고 물으면서 규리는 미래를 생각했고 나는 어제를 생각하며
마주 앉아서 오늘은 언제나 비어 있고 밤이 너무 쉽게 되고
있어 그래도 되는 걸까 말했지 의지 없는 눈으로 감정은 그
저 풍경일 수도 있다 그런 풍경은 꼭 1980년대 일본 영화 같
지 않냐고 오모테산도에 갔다 온 얘기 좀 해줘 안도 다다오
가 설계한 오모테산도 빌딩은 어땠냐고 같이 있었으면 좋았
을 텐데 간 기억이 없어서 인간이 모여 사는 장소가 상품으
로 소비되어서는 안 된다 이제는 장소들이 나를 기억한다 물
체가 아닌 생각으로 기억을 이어가자 이젠 기억이 아닌 사물
로서 아직 사물이 되지 못한 기억으로서 아직 떨어지고 있느
냐고 이게 나야 보고 있어? 보고 있어 이게 나야 괜찮아 규리
씨 이게 나라고 괜찮아요 같은 질문을 또 했고 괜찮다고? 이
게 나인데도? 이런 저인데도? 거짓말거짓말거짓말거짓말거
짓말 그럴 리가 없잖아 그래선 안 되는 거잖아 내가 여기 있
으면 이런 게 나여선 안 되는 거잖아 괜찮아요 규리 씨 괜찮
아괜찮아괜찮아요괜찮아괜찮아괜찮아 생각하지 않는 규리
조차도 자꾸 규리가 되고 그러니까 괜찮아요 규리가 하는 생
각의 총합은 언제나 규리보다 크다 이상한 일이지 여기 있는
규리를 보며 다른 곳에 있는 너를 생각할 수 있다는 건 규리
의 집엔 이제 누가 있는지 같이 갈까 물으면 같이 갈 수도 있
었을까 우리 집에 그 새끼가 계속 있을 거 아냐 그 새끼라기

보다는 너야 규리 뭘 보게 될까 생각해봤지만 알 수 없었고
뭘 보게 될까 물은 것은 규리였고 빛과 소음들뿐이라고 눈을
감으면 더 좋았고 결국 대화는 균형을 되찾으려는 노력이야
아무한테도 말하지 마 내가 죽었다는 거 그게 내 생일이었다
는 것도 시간이 우릴 잊어버린 것 같아 가만히 있었기에 그
런 걸 알 수 있었지 이게 존재였는지 아니면 그냥 기분인지
반복은 사소해졌고 마지막을 생각하면 그게 마지막이 되고
걱정 말아요 규리 씨 제가 다 보고 있었어요 아마 그런 말은
할 수 없겠지만 (그래도 걱정 마세요 제가 보고 있었으니까)
우리가 그것을 비밀이라 이름 붙였을 때 그것은 비밀로서 기
능했다 작게 말해줘 내가 듣지 못하게 삶이 내 얘기를 들을
수 없게 이름 불러줘 (규리 씨 규리 씨 규리 씨 규리 씨 규리
씨 규리 씨 규리 씨 규리 씨 규리 씨 규리 씨 규리 씨 규리 씨
규리 씨 규리 씨 규리 씨 규리 씨 규리 씨 규리 씨 규리 씨 규리
씨 규리 씨 규리 씨 규리 씨 규리 씨 규리 씨 규리 씨 규리 씨
규리 씨 규리 씨 규리 씨 규리 씨 규리 씨 규리 씨 규리 씨 규리
씨 규리 씨 규리 씨 규리 씨 규리 씨 규리 씨 규리 씨 규리 씨
규리 씨 규리 씨 규리 씨 규리 씨 규리 씨 규리 씨 규리 씨 규리
씨 규리 씨 규리 씨 규리 씨 규리 씨 규리 씨 규리 씨 규리 씨
규리 씨 규리 씨 규리 씨 규리 씨 규리 씨 규리 씨 규리 씨 규리
씨 규리 씨 규리 씨 규리 씨 규리 씨 규리 씨 규리 씨 규리 씨

규리 씨 규리 씨) 밤에는 가끔 그런 얘기를 했고 어두웠으니까 난 내 목소리가 시간에게 들리지 않도록 아주 작게 말했다 밤은 자세해졌다

규리를 도와 규리의 집에 있던 물건들을 내다버렸다 옷들 메리제인슈즈 닥터마틴 거울이 달린 협탁 그리다 만 그림들 언제 찍었는지 모를 흑백사진들 어제 꾼 꿈 여름에 입었던 여름을 기다렸던 옷들 믿음들 이해하려고 계속 쥐고 있던 말들 무인양품이 내 삶을 대신하고 있어 같이 걸었던 풍경들 이제는 거리가 우리의 꿈을 꾸고 산책이 당신을 알아본다 근데 왜 전화 안 받았어? 왜 그랬어요? 규리 그건 네가 아니었던 것 같고 그래도 왔잖아요 있잖아요 근데 그런 거 아시나요? 제가 무슨 생각했는지 아시나요? 묻고 싶었지만 목소리가 잘 들리지 않아서 잊은 건 내가 아냐 영화들이 이제 내게 말해줄 거야 이름들이 자꾸만 덤벼 그런 것들을 더 이상 과거라 부를 수는 없을 것 같고 눈앞에 있으니까 규리 씨가 내게 말하길 예술은 도덕적이어야 하고 본질적으로는 사악해야 한다 아니 이건 도널드가 내게 한 말 내가 한 말은 그러니

까 거기 있나요? (내가 잠들었을 때 너는 일어났을까 그리고 네가 비로소 잠들었을 때 내가 거기 있을 수 있을까) 물으면 규리는 대답했지 내가 보냈던 편지들을 전부 불태워줘 내가 어디에도 없을 수 있게 그치만 규리는 한 번도 내게 편지를 쓴 적이 없는데 (혼자 카페에 앉아 커피를 반쯤 마셨을 때 누군가 창문을 두드리는 소리가 들린다면 아마 그게 나일 거야 끝까지 읽지 않은 책을 아무 데나 펼쳤을 때 언제 써놨는지 알 수 없는 메모를 발견한다면 갑자기 손목시계를 봤을 때 시곗바늘이 8시 35분에 멈춰 있다면 가방 속에 언제 넣었는지 알 수 없는 라이터가 들어 있다면 오즈 야스지로의 「피안화彼岸花」를 보고 뭔가 생각나는 게 있다면 혼자 불 꺼진 복도에 서서 이젠 어떻게 해야 되는지 어디로 가야 되는지 생각할 때 갑자기 불이 켜진다면 비 오는 날 선물받은 향을 피울 때면 지하철에서 책을 읽다가 밖을 봐 하는 목소리가 들리면 네가 책에서 눈을 떼고 밖을 볼 때 같이 밖을 보는 사람이 있다면 너 같은 거 가버리라고 말할 때면 그치만 그 말은 사실 있어달라는 거고 네가 있어준다면 손을 잡는다면 누군가가 이름을 부르는 것 같아 뒤돌아본다면 네가 믿을 수 없다면 네가 믿을 수 있다면 그건 나일 거야 내가 거기 있을 거야) 그렇기에 당신의 답장은 바람처럼 분다 가끔 산다는 건 우리에게 아무런 문제도 되지 않는다 나는 도널드 캠멜이 아니다

규리는 내가 아니다 당신이 알아들을 수 있다면 그게 나고
규리를 설명할 수 있는 말은 이제 없고 그게 내가 말하려는
거고 앞부분만 본 책들이 던져졌다 거기엔 내 이름이 있었고
당신의 이름도 있었지 이제는 구체적일 필요가 없고 어떤 이
름은 자꾸 보였기에 내가 그것을 믿고 있는 게 틀림없는 것
같았다 날 부르던 이름들도 있었고 어떤 이름엔 불을 붙였다
불타는 이름들을 바라보는 나를 제외하곤 모두가 삶 속으로
들어가고 있었다

영사기사를 쏴라!

이 이름들을 소리 내어 불러보시길

프리드리히 빌헬름 무르나우Friedrich Wilhelm Murnau, 다니엘 위예Danièle Huillet, 장마리 스트로브Jean-Marie Straub, 아바스 키아로스타미Abbas Kiarostami, 마티 펠론파 Matti Pellonpää, 조지프 H. 루이스Joseph H. Lewis, 바버라 스탠윅Barbara Stanwyck, 마이클 스노Michael Snow, 글로리아 스완슨Gloria Swanson, 오타르 이오셀리아니Otar Iosseliani, 앙리 아르캉Henri Alekan, 리 마빈Lee Marvin, 해리 버긴Harry Bugin, 하라 세츠코原節子, 지가 베르토프Dziga Vertov, 스벤 뉙비스트Sven Nykvist, 마야 데렌Maya Deren

프리드리히 빌헬름 무르나우는 1888년 12월 28일에 태어나 1931년 3월 11일에 죽었다.

글로리아 스완슨은 1899년 3월 27일에 태어나 1983년 4월 4일에 죽었다.

유리 올레샤Юрий К. Олёша는 1899년 3월 3일에 태어나 1960년 5월 10일에 죽었다.

브와디스와프 스트셰민스키Władysław Strzemiński는 1893년 11월 21일에 태어나 1952년 12월 26일에 죽었다.

류치슈笠智衆는 1904년 5월 13일에 태어나 1993년 3월 16일에 죽었다.

조지 이스트먼George Eastman은 1854년 7월 12일에 태어나 1932년 3월 14일에 죽었다.

마야 데렌은 1917년 4월 29일에 태어나 1961년 10월 13일에 죽었다.

지가 베르토프는 1896년 1월 2일에 태어나 1954년 2월 12일에 죽었다.

레니 리펜슈탈Lenni Rièfenstahl은 1902년 8월 22일에 태어나 2003년 9월 8일에 죽었다. (크라쿠프 거기였던가?)

바버라 스탠윅은 1907년 7월 16일에 태어나 1990년 1월 20일 캘리포니아주 샌타모니카에서 죽었다.

이시도르 이주Isidore Isou는 1925년 1월 19일에 태어나

2007년 7월 28일 파리에서 죽었다.

피터 그리너웨이Peter Greenaway는 1942년 4월 5일에 태어나 2022년 2월3일 토리노의 영화 박물관에서 죽었다.

그것은 어쩌면 전부 토요일일수도 있고 나는 토요일에 대해 잘 모른다. 토요일엔 모두가 침묵했다.

*

내 기억에 나는 세 번의 국경을 넘었다. 오타르 이오셀리아니는 나의 삼촌이 아니다. 그는 조지아 출신의 영화감독이다. 그루지야에서 눈을 떴을 때 그에게 물어본 적이 있다. 미안, 난 너의 삼촌이 아니야, 사실 그건 사과도 아니었고 진심도 아니었으며 내가 있을 곳도 아니었다. 알바니아의 극장에서는 팝콘을 팔지 않았지만 문제는 그게 아니었다. 발칸반도를 지나니 내가 말을 할 수 없다는 사실을 깨달았다.

나는 말할 수 있는 것만 말할 생각이었다.

나는 가슴에 있는 것들만 말할 생각이었다.

나는 말할 생각이 없다.

나는 말할 생각이었다.

나는 말을 나는 나는 나는 나는 나는 말을 하는 나는

거기서 우리는 목소리를 지우는 법을 배웠지.

알바니아에서 나는 이름을 지우는 법을 배웠지.

알바니아에서 나는나는나는나는나는나는

호루라기 소리가 들렸을 때는 모두 뿔뿔이 흩어졌다.

달리기를 좋아하지 않지만 내가 달리기를 잘하는 이유는 국경 때문인 것 같다.

텅 비어 있는 것들만이 강렬해지고 알바니아에서는 현명한 사람들만이 산다.

팝콘에 대해 생각하면 나는 그런 것들을 알 수 있다.

잣쇼노쿠마에서 나를 구해준 건 데라야마였다. 나는 데라야마의 일기를 훔쳐 읽다가 그를 알게 되었다. 불쌍한 데라야마. 그런 생각도 했지. 데라야마는 나를 학대하고 착취했지만 끝까지 같이 있겠다고 했고 내게 일본어를 가르쳐주었다. 데라야마는 매일 6백 엔짜리 가라아게 벤또를 먹었고 산토리 위스키를 좋아했다. 데라야마는 정신적으로 가난했고 극도로 결핍되어 있었기에 조금이라도 애정이 섞인 말은 전부 게워냈으며 나는 그에게 따뜻하고 싶었는데 데라야마 다이죠부? 다이헨? 물을 때마다 그는 나를 힘들게 해서 나중엔 묻지 못했다. 묻지 않았다고 해서 궁금하지 않았던 건 아니었는데. 데라야마 다이헨? 다이죠부데스까? 산토리 위스키를 마실 때마다 데라야마는 같은 말을 했다. 키미 토 와타

시와 오나지다. 처음엔 그 말이 무슨 뜻인지 알아듣지 못했고 나중엔 무슨 말인지 알았으며 지금은 다시 모르게 되었다. 그건 무슨 뜻이었을까. 그에게 배운 일본어는 이젠 거의 기억나지 않는다. 내가 그를 떠났기 때문일까. 지금 기억나는 것들은 이런 거다. 코인 란도리와 도코데스카? 소코마데 도노구라이 카카리마스카? 잇쇼니 이키마쇼. 아나타와 와타시노 도모다치데스카? 지금은 그가 보고 싶다. 데라야마 키이테루聞いてる?

*

강생을 처음 봤을 때 그는 말없이 내게 담배를 권했다. 내가 받지 않자 강생은 내 앞에 서서 담배 한 대를 다 피울 때까지 아무 말도 하지 않았다. 그때 내가 무슨 얘길 했던가. 강생에게 물어보자 그는 기억했다.

나는 영사기사입니다.

강생은 그렇게 말했다.

그게 뭐 하는 건가요?

그것은 계속 혼자 앉아 있는 것입니다.

와타시토 오나지다.

강생은 담배를 다 피우고 천천히 걸어갔다. 내가 계속

앉아 있자 그는 멈춰 서서 나를 돌아보았다. 내가 일어서자 그가 다시 걸었다. 그가 돌아보면 나는 걸었고 내가 걸으면 그도 걸었다.

나는 1985년에 태어나 2013년 여름에 죽었다.

우리의 해결책, 형식이라는 거짓말.

리듬의 희생자들.

이런 것들이 가끔은 진실이 되고 이제 진실들은 당신을 향해 간다.

강생, 기억해?

그때처럼 여전히 담배를 물고 있는 강생에게 묻자 그는 대답했지.

응. 기억나.

강생은 전부 기억했다.

*

내 친구들은 아무도 점심을 먹지 않는데 그건 내가 친구가 없기 때문이다. 세계는 크고 그래도 난 혼자일 수 있다. 만약 친구가 있었다면 나도 점심을 먹는 인간이 되었을까? 강생은 점심 대신 담배를 피우거나 가끔 시리얼을 먹고 나는 시리얼을 먹는 대신 모리스 블랑쇼를 읽는다. 내가 블랑쇼를

읽는 건 장 때문이다. 장은 90세쯤 먹은 노인으로 거의 죽었
거나 죽음을 가능하게 하는 중이었고 강생의 말에 따르면 장
은 선형적으론 이미 죽었는데 이론적으로 존재하는 중이었
다. 혹은 감정적으로는 죽었지만 지각적으로 존재했고 형식
적으로는 죽었지만 직관적으로 존재했고 일상적으론 죽었지
만 이성적으로 존재했고 상식적으론 죽었지만 급진적으로
존재했다.

　예술은 타서 죽지 않으리라는 확고한 결의를 가지고 진
실 주위를 비행한다!

　장을 처음 보았을 때 그가 말했다. 그게 블랑쇼의 말인
지 카프카의 말인지 장의 말인지 알 수가 없다. 그깟 게 무
슨 상관이지? 아무튼 난 장 덕분에(때문에?) 블랑쇼를 읽게
되었다. 장은 언제나 불도 켜지 않은 채 책상 하나뿐인 창고
에 처박혀 뭔가를 읽었고 그가 읽던 것은 곧 내 손으로 들어
왔다.

　점심을 먹지 않았던 작가들은 다음과 같다.

모리스 블랑쇼Maurice Blanchot

클라리시 리스펙토르Clarice Lispector

앨리스 브래들리 셸던Alice Bradley Sheldon

로베르트 발저Robert Walser

장의 책상 서랍에는 권총이 들어 있다. 혹시 무슨 일이 생기면 그걸 꺼내서 여길 쏴줘, 장은 자기 머리에 방아쇠를 당기는 시늉을 했다. 허구로 가는 지름길이지. 사이렌 소리를 조심해. 마치 무슨 서랍에 있는 초콜릿이라도 꺼내 먹으라는 듯이 말씀하시네요. 아, 맞다. 그러고 보니 서랍에 허쉬 초콜릿도 있어. 그거 너 먹어.

이데올로기가 대신 전해주었던 소식. 2003년에도 여름은 있었을 것이다.

회한이 만들어낸 형식. 나는 한 번도 장의 서랍을 열어본 적이 없다.

로베르트의 발저의 무덤엔 보리수나무가 심어졌고 색깔이 지워진 꿈만이 열매 대신 달려 있다.

그것은 아직도 그 자리에 있고 알파벳 시리얼은 그런 것들을 생각하게 만든다.

＊

그가 말을 걸었을 때 나는 무언가에 대해 생각하고 있었는데 아마도 내가 할 수 없었던 것들. 근데 뭐라고 하셨죠?

무성영화는 몇 층에서 상영하나요?

오늘은 전부 무성영화예요.

시간표엔 안 나와 있는데요.

시간으로는 포착할 수 없는 것도 있어서요.

근데 당신은 여기서 뭘 하시죠?

아무것도.

태업 중인가요?

저요? 그런 것 같기도 하고. 비슷한가? 맞아요! 태업! 그
게 나다!

저와 비슷하네요. 저는 번역자입니다.

반역자다! 반역자는 처음이에요. 여기서 뭘 하고 있죠?
혁명 중인가요?

반역이 아니라 번역을 하고 있어요.

번역이라면 어떤 거죠? 그건 뭘 의미하는 건가요?

단순하게 말하면 삶을 왜곡하는 일이에요.

그렇다면 저를 번역해주실 수도 있나요?

태업.

(Am) slowdown, (Brit) go-slow

태업에 가담하다.

participate in the slowdown.

태업에 들어가다.

begin go-slow.

태업 전술을 취하다.

appeal to[take up] slowdown tactics. (낮은 마음으로 어렴풋이)

나는 태업 기분으로 일해.

I am be half on the loaf. (빵 덩이)

이를테면 당신은 언제나 빵 덩이인데 빵 반 덩이입니다.

영원한 가치들은 영구적 재앙을 반영한다.

한 번도 가까워진 적 없이 멀어진 사람들.

그게 누구죠? 누굴 번역한 거죠?

그때 저쪽에서 정 기사가 웃으며 종이봉투를 흔들었다. 나는 그가 왜 정 기사라고 불리는지 모른다. 한때는 영사기 사였는지도 모르지만 지금은 아니다. 강생은 영사실에서 살고 장은 책상 하나뿐인 창고에 살며 나는 언제나 여기 있다. 정 기사가 어디 사는지는 아무도 모른다. 살고 있기는 한가? 굳이 말하자면 정 기사는 야간 경비원이다. 그는 자본주의에 산다.

햄버거 사 왔는데 먹을래요?

어디서 사 왔어요?

브루클린. 근데 누구였어요?

잘 모르겠어요. 반역자라던데요? 혁명을 준비 중이라고.

역시 약간 그런 느낌이던데.

어떤 느낌?

그냥 좀 반역자 느낌.

그게 어떤 거죠?

뭔가 로베스피에르 느낌.

그랬나요?

그랬죠. 베이컨 치즈? 아니면 파인애플?

파인애플.

그가 묻자 내가 무슨 생각을 하고 있었는지 떠올랐다.

나는 캘리포니아에 대해 생각하고 있었다.

*

D열 17번이랑 E열 18번, F열 17번 이렇게 주세요. 저한
텐 몇 가지 시각이 필요하니까. 내가 잠들었을 때 깨워줄 내
가 필요하니까, 꿈에 대해 말하는 나와 들어줄 내가, 어제의
나를 배제시킬 수 있는 오늘의 내가, 감정이 될 나와 객관이
될 내가, 해석될 나와 분열될 내가, 안다는 건 왜 슬픈 거지?
물어볼 나와 그건 너무 많은 연상들이 부작용을 낳기 때문에
대답하는 내가, 없던 일에 대해서 사과할 나와 나에게 이해
를 가르쳐줄 나와 가까워질 내가, 사변적일 나와 공간이 될

내가 그리고 공간으로 존재하는 나를 흠모할 내가, 이제는 끝나야 할 나와 목을 조를 내가 그리고 그걸 지켜봐줄 내가, 나에게서 멀어질 수 있는 내가 그런 내가 나에겐 필요해, 용인될 내가 너에 대해 생각할 나와 네가 될 내가, 너에 대한 부작용이 될 내가 그런 나한테서부터 멀어지고 왜 아무것도 가까워지지 않지 물어보면 대답할 내가, 너의 형식 때문에 연민이 사멸하고 있어, 접근되어지고 거부될 내가 필요해서 근데 제가 뭐 하나 물어봐도 될까요? 안 돼, 안 돼, 그러지 마세요. 묻지도 말고 인간에게 아무것도 기대하지 마세요. 대답하기도 했었지. 삶을 바라보는 데는 비약이 필요하니까. 그치만 이미 비약했어요. 많이 그러셨어요. 너무 비약해서 다 가능할 것만 같아. 피를 가진 사람은 피를 쏟고 삶을 가진 사람은 눈물을 쏟고 그런 게 없는 사람이 말을 쏟지.

그러니까 D열 13번이랑 E열 17번, F열 10번 이렇게 주세요.

아까 말씀하신 거랑 다른데요.

같지 않은가요?

다른데요.

다양성이 필요하니까요.

그 사람은 표를 산 뒤 어느 자리에도 앉지 않았다.

나는 이 얘기를 정 기사한테 들었고 그는 이 얘기를 광주의 어느 영사기사에게서 들었다. 말수가 적었던 그 사람은 영사기사가 되고 더욱 말이 없어졌고 말수가 얼마나 없었는지 처음엔 그가 루마니아에서 왔거나 암표상이라고 생각했어. 영사기사를 하기 전 그의 직업은 우편배달부였다고 레몬 치킨과 브라운 커피맥주를 마시며 정 기사는 말했지.

먹을래요? 살 많은 쪽? 아니면 껍질?

전 껍질이 좋아요.

뭘 좀 아는구나?

Today Is Not Your Day.

정 기사가 입고 있는 티셔츠엔 그렇게 적혀 있었다.

그거 어디서 샀어요?

이거 제가 산 거 아니에요.

그럼 누가 샀어요?

무의식.

생일이 오면 죽어야 한다. 그러라고 있는 생일이니까.

그래서 오고 있나요, 오고 계시는 중인가요.

근데 내 생일이 언제였지.

존 케이지라면 어떻게 했을까.

*

물어보고 있었지 내가. 강생, 비가 오면 거미들이 나와. 장마가 계속되고 있어 한 달째 생각은 아직 시작되지도 않았는데. 계속되는 건 밤뿐이고 내가 일어나지 않았으니까. 그렇다면 장마는? 내가 상상하지 않았으니까. 거미들은 크고 다리가 많지. 아마 그 다리로 생각하는 건지도 몰라. 그래서 산책을 하면 생각이 가능한 건지도 몰라. 근데 그건 밤이라기보단 관념이라서 영사실에 밤은 오지 않아. 여긴 밤을 만드는 곳이니까. 그래서 있잖아, 그 거미 네가 잡아줄 수 있어? 어디 있는데? 아직 없어. 내 머릿속에만 있는 거미라서. 그치만 잡아줄 수도 있어? 얼마나 큰데? 이만큼 커. 아니다. 한 요정도? 그래도 큰 편 같아. 꽤 빠르기도 해. 아닌가? 별로 안 빠른가? 그냥 거미만큼의 속도야. 힘들까? 음. 꽤 무서울까? 글쎄. 상상이 잘 안 돼. 하지만 상상이 아니고 이건 거미야.

가리키고 있었지 강생이. 내 머리를. 거기 또 뭐가 있는지 말해봐. 안 돼! 말 못 해! 뭐야, 말했잖아, 잘도. 이젠 못 해. 하라 그러면 난 못 해. 몰라몰라, 난 못 해. 내가 그런 걸 계속 믿을 수 있게 될까? 이런 날 네가 계속 믿을 수 있게 될까? 그게 그냥 너의 생각이었다고 믿을 수 있게 될까? 네가 겨울을 보던 방식으로 나도 너를 볼 수 있게 될까? 나쁜 생각들이 계속되고 있었지.

보이는 대로 보지 않기 때문에 전부 잃었어.

다음 장마가 오기까지 얼마나 남았지.

글쎄, 이미 절망했는걸.

나는 어떤 삶이 다시는 없다고 생각해.

같이 있기 위해서 그런 말도 하며 서로를 지워야 하고 나는 막연해지고 있다고 생각해.

끝까지 막연해질 거고 그래서 생각해.

같이 있을 수 있어서 다행이라고 생각해.

내가 생각한 것들을 한 번도 본 적 없지만 말할 수 없으니까 생각해.

몸은 언제나 단독이며 그 단독 속에서 실체를 예감한다. 자막은 언제나 구속의 형태로만 나아갈 것을 제안한다. 이젠 어떤 종류의 절망만이 당신을 보게 할 것이다.

그러니까 강생, 너는 알지?

올바른 연쇄. 누락된 감각. Deconstruction.

그게 우리가 시간에서 살아남는 방식.

＊

    신문을 펴놓고 졸던 검표원을 한참 쳐다보다가 말을 거
는 대신 신문을 가져왔지 아무 데나 펼쳐보았을 때 보았던
부고 기사엔 내가 알던 이름이 있었고 있지 다무라 마사키田
村正毅와 김구용金丘庸이 죽었어, 난 그들에 대해 말하기보단
실재하거나 착각하고 싶었고 그들은 이미 죽었는데 무언가
확신하기 위해선 텍스트가 필요해, 신문은 잘못된 미래를 예
견했고 그걸 보고 있으니 졸던 사람이 검표원이 아니라는 걸
깨달았다고 다무라를 죽인 건 빛이었을까, 극장에서 눈을 감
고 영화를 보면 우리가 어디든 여행할 수 있다는 사실을 알
수 있다고 구마모토의 작은 극장에서 데라야마는 말했지, 카
지 메이코梶芽衣子가 나오는 찬바라 영화를 보며 할복 같은 거
나도 해볼까, 나도 할까, 이젠 뭐가 먼저인지 모르겠어, 여기
있기에 내가 생각하고 있는 건지 생각했기에 내가 여기 있는
건지, 죽음 다음으로 삶이 오는 건지 삶 다음으로 죽음이 오
는 건지, 보고 싶으니까 기다리는 건지 자꾸 기다리니까 보
고 싶어지는 건지, 낮을 기다리는 게 밤인지 아니면 밤이 기
다리고 있었던 게 낮인지, 그러니까 나도 할까? 해볼까? 할
복 같은 거. 무해한 예술가는 무해한 이발사만큼이나 소용이
없어, 그게 뭐야? 난 이발을 하지 않으니까 데라야마 너 이

상해 날 기다리게 한 게 누군데? 그런 걸 네가 알아? 그래서?
내가 할복이라도 하길 원해? 해버려 날 기다리게 할 거면 죽
어버려!

そんな台詞をぶつけた後は 死にたくなるよね.
그런 대사를 내뱉고 나면 죽고 싶어지지.
昨日も明日も 縁のない言葉.
어제도 내일도 현실 없는 말.
言葉はどのように終わるかな.
말들은 어떻게 끝날까.

데라야마 널 어떻게 부를까?

널 기다리던 킷사텐에서 먹었던 팬케이크를 난 생각해.
지금도 눈을 감으면 그 기다림을, 메이플 시럽의 단맛을, 두
잔째의 호지차를, 넌 기억하지 않았던 너의 말을, 떠올릴 수
있어. 어지러울 만큼 선명할 수도 있어. 내가 기다렸던 데라
야마는 더 이상 데라야마가 아니고 노트를 펼치면 쓸 수 있
는 건 네가 아니야. 나를 모르는 사람들만이 남아서 나를 이
해하려고 해. 나를 잊은 사람만이 나를 갖고 있어. 데라야마,
이젠 어떻게 쓸 수 있을까. 다신 널 보고 싶지 않고 그렇지만

오늘은 널 보고 싶어, 감각하고 싶고, 말들은 어떻게 끝나는 걸까? 그런 걸 생각하며 매일매일이 결코 전부는 아니었지. 그래도 나는 보려고 해. 이제 너는 모든 이야기다.

다무라 마사키는 1939년 1월 26일에 태어나 2018년 5월 23일에 죽었다.

제가 꾼 꿈은 언제나 정면에서부터 시작되었습니다.

피자 배달부의 피자 박스 안에는 뭐가 들어 있지? 난 그런 게 궁금해.

너무 궁금해서 죽을 수도 있을 것 같아.

죽은 가수를 추모하는 칵테일파티에서 나는 이것이 누구의 죽음인지 생각했지.

김구용은 1922년 2월 5일에 태어나 2001년 12월 28에 죽었다.

아무에게나 살려달라고 말했지. 아무도 없었으니까.

나는 왜 체계가 필요한지 이해할 수 있지만 그 체계를 이해하진 못해.

내게 김구용에 대해 말해준 사람은 시를 쓴다는 사람이었다.

그게 누군데?

예언자.

시를 쓴다는 사람은 나를 기다리겠다고 했다.

시를 쓴다는 사람은 내 얘기를 시로 쓰겠다고 했다.

시를 쓴다는 사람은 이제는 죽어야겠다고 했다.

시를 쓴다는 사람은 거기서 보자고 했다.

시를 쓴다는 사람은 이제 보고 싶지 않다고 했다.

시를 쓴다는 사람은 앞으로 시를 쓰지 않겠다고 했다.

시를 쓴다는 사람은 내게 한 번도 시를 보여주지 않았다.

시를 쓴다는 사람은 그 사람은

시를 쓴다는 건 그 사람은

그 사람의 생각은 그 사람의 말은

그 사람의 시간은

이제는 무엇이 되었나. 시를 쓴다는 사람이 지금도 시를 쓰는지 잘 모르겠다.

내가 아는 건 그 사람이 오랫동안 시를 쓰려고 했다는 사실뿐이다.

INTERMISSION

(12시부터 다시 시작됩니다.)

이런 게 언어 같아. 진짜 언어 말이야.

*

　장이 사라졌어. 졸며 눈을 떴을 때 나를 바라보던 사람
이 말했지. 난 이제 이걸 죽일 거야. 무슨 말인지 알지? 네 일
기엔 전부 거짓밖에 없으니까. 이젠 읽지 않을 거야. 거짓말
거짓말거짓말거짓말거짓말전부거짓말뿐이잖아. 그게 널 살
리는 일기였다고 거짓말 좀 하지 마. 그게 나였다고 말하지
마. 그런 거짓말들로 행복하다면 그게 행복이 되는 거야? 거
짓말이었다고 하면 나도 거짓이 되는 거야? 그게 널 살리지
않을 거고 난 살지 않을 거야. 살지 못할 거고 너랑 있고 싶어
서 거짓말을 했지. 나는 없다고 내가 없다고 나도 없다고 같
이 있고 싶어서. 있지, 그날 나 없었는데 날 없앴는데 그날의
기억이 나. 얼굴을 모르는 사람과의 밤은 행복했지. 불을 켜
지 않았으니까. 내게 아침을 말해준 사람의 말은 믿지 않았
지. 나는 보이는 대로 가르쳐준 대로 네가 말해준 대로 보이
지 않을 때는 질문했고 종종 압도되었고 너무나 슬펐기 때문
에 아무것도 소용이 없어졌어. 문제는 네가 그런 것들을 전
부 슬픔이라고 생각한다는 거야. 문제들은 자꾸만 생각한다
는 거야. 생각한다는 것은 문제야. 문제가 돼. 이제 믿을 수
있는 것들만이 생각한다. 거짓들이 너에게 호소한다. 넌 언
제나 날씨를 착각했지. 밤을 잊은 자의 삶은 행복하리라. 그

렇게 말한 건 나였을까, 장소였을까, 지나친 버스였을까, 어쩌면 너였을까, 그런 게 삶이었을까, 물었을 때 너는 그날 보았던 풍경의 소리를 담아서 내 손에 쥐여주었지. 눈을 감으면 그런 얘기들이 들려. 넌 알고 있니? 근데 내가 죽은 거야? 말해. 말해줘, 데라야마. 나 죽었나. 아니, 아직. 강생은 말했지. 장을 찾으러 가야겠어. 어디로. 장이 사라진 곳으로. 데라야마, 넌 죽었어? 응, 죽었지. 잘도 갔어. 강생은 말했다. 졸다가 깨다가 다시 졸면 이젠 다 놓을 수 있을 것 같고 데라야마 난 이제 너의 유령이 되었어. 그러니까 이젠 옆에 있어줘. 응, 그럴게. 강생은 대답했다. "중요한 것은 이 세계가 계속 변하고 있다는 것이고 예술가로서 우리는 새로운 감정, 새로운 상황을 묘사하기 위해 새로운 장치, 새로운 도구를 만들어야 한다는 것이다. 우리 자신의 가치, 우리 자신의 구문법을 만들지 못한다면 우리 자신의 세계를 묘사하는 데도 실패할 것이다"(올리비에 아사야스).° 덜 닫힌 문 사이로 들어오는 단어들과 어제의 균형. 종점에서 잃어버린 내 변명들. 반송된 이미지들. 아직 멀었어? 가까워지고 있어. 감고 있어. 깨워줄 테니까. 그리고 몇 번을 더 물어봤던 것 같다.

*

감독관들이 다녀갔어. 사이렌 소리를 들었냐고 강생이 물었을 때 장의 유서를 발견한 것은 나였고 아무도 몰랐지만 토요일이었다.

혼자 하는 산책이 진짜 산책이고 같이 하는 산책은 생각하는 거고 아무런 표정 없이 나는 구체적으로 죽을 것이다. 아무렇게나 걸을 것이고 철저해질 것이다. 오래된 극장에서 영화를 보다 죽을 것이다. 영원히 끝나지 않을 영화를 생각하며 구석 자리에서. 끝나는 것은 아무것도 없을 것이다. 이제라도 은유로부터 시작해야 한다. 우리는 스크린에서 태어났다. 그렇기에 그곳은 우리의 무덤이 될 것이다.

(밑에 여덟 줄 삭제)

"영화는 보여주는 것이 아니라 예견하는 것이다."
아무도 알아차리지 못한 영사 사고는 영사 사고일까 아니면?
꿈은 살아남았는가?
가장 오래 살아남은 것이 바로 꿈이다.

이 꿈은 가장 최근의 것이고 모순은 차례로 밝아진다.

장은 1930년 12월 3일에 태어나 1968년 영사기사가 되었다.

영사기사는 거부한다.

영사기사는 부재한다.

영사기사는 여행한다.

영사기사는 예견한다.

영사기사는 이미 존재하는 미래.

감독관들이 그랬을까? 아직 몰라. 어떻게 알아냈지. 장이 망명자이기 때문에. 아닐 수도 있어. 확실한 건 아무것도 없어. 장은 알고 있었을까. 정신 나간 늙은이. 알아봤자지. 그래도 그런 거 해야 되는 거 아닌가? 추모 같은 거. 안 그래도 피자 시켰어. 강생, 있잖아. 우리가 있어야 할 자리와 내가 있어야 할 자리가 왜 다르지? 아직은 아무것도 명확하지 않아. 좀더 기다려봐야 할 거야. 장의 책상 위에 강생은 피자를 올려놓았다.

영사기사의 햄버거에 손대지 마라!

그때 문을 열고 장이 외쳤다.

장은 한 손에는 몽테뉴를 다른 한 손에는 시가를 들고 있었다.

"당신이 살아 있다면 죽음은 없는 것이고 죽음이 있다면 당신은 없는 것이다. 죽어가는 사람만큼 자유로운 사람은 없다."

뭐야 피자 시켰는데.

그런가? 그렇다면 손을 대라!

하하하하.

하하하하.

하하하하.

삶을 제외한 모두가 웃었다.

그렇다면 이건 누구의 상상력인가?

궁금했지만 아무에게도 묻지 않았지.

피자가 아직 따뜻했으니까. 아무도 늦지 않았으니까.

*

장은 내게 말했지. 이름들. 이름들은 지워지는 게 아냐. 진행 중이지. 그 밑에 내가 있었으니까. 근데 몇 번의 이름이 더 남았지? 앞으로 몇 번의 상영이 더 남았지? 아무도 부르지 않았기 때문이야. 너무 생생한 이름이지. 삶을 잃어버릴 만큼. 강생, 거기 있어? 물으면 강생은 대답했지. 거기 있었으니까. 내가 부를 때까지 여기 있으라고. 내가 이름을 부를 때까지. 그래서 여기 있었지. 무척 쉬운 일이야. 영화를 보다가 넌 그냥 잠들기만 하면 돼. 영화가 시작되면 눈을 감아버리면 돼. 그게 어떤 영화인지 잊어버리기만 하면 돼. 넌 이게 삶이 아니었다는 걸 잊어버리기만 하면 돼. 내가 이름을 부를 때까지. 내가 너의 이름을 부른다면 그때 우린 같이 갈 거야. 얼마든지 도망칠 수도 있고 도망가는 사람은 어디든 갈 수 있고 그런 걸 생각해. 우리가 어떻게 도망가는지. 아주 오랫동안 눈을 감고 내가 나라는 것조차 잊어버릴 만큼. 내가 없어질 만큼. 잠이 들었다는 느낌조차 들지 않을 만큼 오래. 시계 같은 건 볼 필요도 없을 거야. 시간 같은 건 중요하지 않아질 테니까. 걷고 싶으면 얼마든지 걸을 거고 배가 고프면 사람이 없는 한적한 식당에서 밥을 먹을 수도 있고 카페에서 커피를 마시며 아무런 생각을 하지 않을 수도 있고 생각은 아무런 의미가 없어질 테니까. 평소에 보려고 했지만 엄두가 나지 않았던 책들을 천천히 들여다보며 얘기하고 싶으면 얘기를 할 수도 있고 생각나는 모든 것을 말할 수도 있고 답도 없는 문제들에 대한 답을 찾아보려 할 수도 있고 모든 것을 궁금해하거나 외면할 수도 있고 문제라고 생각하지 않았던 문제들에 대해 고민해볼 수도 있고 얘기하고 싶지 않으면 아무 말도 하지 않을 수도 있고 머리가 어지러울 만큼 한가할 수도 있고 아무 말 없이 지나가는 사람들이 지나가는 것, 해가 지는 것을 보면서 문득 아주 좋은 생각이 떠올랐다는 듯이 말하겠지. 모든 시간은 우리 거고 우리는 도망쳤고 우리는 사라졌고 난 그게 아주 좋아. 마음에 들어. 그러니까 눈을 감아버리면 돼. 내가 이름을 부를 때까지. 견디는 게 아니야. 생각하는 거야. 생각은 가능한 게 생각이고 가능한 거야. 근데 강생, 거기 있어? 물으면 강생은 대답했지. 네가 뜨지 않는다면 우린 거기 있을 수 있어. 우린 거기 있을 거야. 이름들. 장은 말했지. 이름들은 기억하는 게 아니야. 이름들이 우리를 기억하는 거고 그건 벗어나는 거야.

사이렌 소리가 들렸다.

영사기가 돌아간다.

츄류르르르르루루루르르르르르루르르르르루루룰르르르르루르르를루루류룽를루루루루후루르르루루루르르르르르루르르르루루룰르르르르루르르르를루루류룽를루루루루후루르르루루루르르르르루르르르루루룰르르르르루르르르를루루류룽를루루루루르르르르루르르르르루루룰르르르르루르르르를루루류룽를루루루루후루츄류르르르루루루르르르르르루르르르르루루룰르르르루르르를루루류룽를루루루루후루르르루루루르르르르르루르르르루루룰르르르르루르르를루루류룽를루루루루후루르르루루루르르르르루르르르루루룰르르르르루르르르를루루류룽를루루루루후루르르루루루루후루츄류르르르루루루르르르르르루르르르르루루룰르르르루르르를루루류룽를루루루루후루르르루루루루르르르르루르

르르루루룰르르르르루르르르를루루류룽를루루루루후루르르루
루루르르르르루르르르르루루룰르르르르루르르르를루루류룽를루
루루루후루

가장 좋은 영화는 중간부터 시작하는 영화다.

사형집행인은 매일 저녁으로 살라미샌드위치를 먹었다.

살라미샌드위치가 메뉴에서 사라졌을 때 그는 일을 그만두었다.

중간부터 시작하면 마음대로 포기할 수 있다.

번역되지 않은 소피 포돌스키Sophie Podolski가 진짜 소피 포돌스키다.

죽은 모리스 블랑쇼가 진짜 모리스 블랑쇼다.

스크린으로 망명하는 사람들.

이젠 이름을 부를게. 그러니 대답하지 마.

투쟁은 투쟁으로 성립할 수 없다.

가장 좋은 영화는 시작하지 않는 영화다.

감독관들은 망명자들에게 말한다.

감독관들은 말했지.

감독관들은 이름을 물었지.

이름?

미조구치 겐지溝口健二.

나이?

1895년생.

직업?

영사기사.

당신은 여기서 뭘 하지?

영사기사는 영사한다.

말해! 21세기한테 무슨 짓을 했지?

영사기사는 영사한다.

당신들의 목적은 뭐지?

영사기사는 영사한다.

영사기 뒤에 뭘 감췄지?

삶.

영사기 뒤에 뭘 감췄지?

말한다고 네가 볼 수 있어?

영사기가 돌아간다.

츄류르르르루루루르르르르르루르르르르루루룰르르르르루르
르를루루류룽를루루루루후루르르루루루르르르르르루르르르
루루룰르르르루르르를루루류룽를루루루루후루르르루루루
르르르르루르르르루루룰르르르루르르를루루류룽를루루루
루후루츄류르르르루루루르르르르르루르르르르루루룰르르르루
르르를루루류룽를루루루루후루르르루루루르르르르루르르

르루루룰르르르르루르르르를루루루류룽를루루루루루후루르르루루
루르르르르르루르르르루루룰르르르루르르르를루루루류룽를루루
루루후루츄류르르르루루루르르르르르루르르르르루루룰르르르
루르르를루루루류룽를루루루루후루르르루루루르르르르르루르
르르루루룰르르르루르르를루루류룽를루루루루후루르르루
루루르르르르르루르르르르루루룰르르르루르르르를루루루류룽를루
루루루루후루

　나는 영사기사가 아니다. 나는 영사기다!

　입 닥쳐.

　이게 나의 21세기다.

　눈 감아!

　내가 눈을 떴을 때 정 기사가 외쳤다. 감독관들에게 장
은 대답하고 있었다.

　잘 들어. 잘 듣고 생각해.

　나는 눈을 뜨고 창고로 가서 장의 책상 서랍을 열었다.

　거기에는 언제 샀는지 모를 허쉬 초콜릿만이 놓여 있었
고 나는 그것을 뒷주머니에 챙겨 넣었다.

　말해. 감독관들이 소리쳤다.

　이 오늘이 내겐 미래다!

　말해.

　아방가르드 만세!

148

장이 외쳤다.

눈 감아!

정 기사가 내게 소리쳤다.

나는 문득 아무것도 살아 있는 것이 없다는 것을 깨달았지만 그 시간은 매우 짧았고 더는 아무 생각도 들지 않았다. 어떤 삶은 두 번 시작된다. 무르나우가 감독한 스무 편의 영화 중 우리가 볼 수 있는 영화는 열두 편뿐이고 여덟 편은 완전히 손실되었다.

나는 뒷주머니에서 메타포를 꺼내 감독관들에게 겨누었다.

아방가르드 만세!

강생, 거기 있어? 물으면 강생은 대답했지.

거기 있었으니까. 영사기 뒤에 그가 있었으니까.

프리드리히 빌헬름 무르나우의 본명은 프리드리히 빌헬름 무르나우였다.

영사기는 돌아갔다.

*

이름들을 기억하는가? 장이 물었지. 눈을 떴을 때 영화는 끝나 있었고 내가 눈을 떴기 때문에 아무것도 허락되지 않았고 아무것도 기억되는 게 없었고 무언가가 죽었거나 태어났겠지. 나와 아무런 상관도 없기 때문에 보이지가 않는 거겠지. 내가 눈을 떴기 때문에 죽은 이들의 찌꺼기 같은 걸 왜 봐야 하지, 묻지 않았고 그건 아직 내가 꿔본 적 없는 꿈이기 때문에 벗어났다고 착각하기 위해서는 대화 없는 삶, 삶 없는 대화, 어느 쪽을 택해야 하느냐고, 어느 쪽을 택할 거냐고. 그런데 이름들이 너무 많아. 정 기사는 말했지. 극장이 문을 닫은 거 같다고 아무에게도 말할 사람이 없어서 망명자들, 그들은 기억했을까 아니면 망명했을까 물어볼 사람이 없어서 이름들만이 한적했지. 죽은 이들의 얼굴은 훨씬 선명한 법이지. 죽음을 배운 얼굴들. 이름으로 환원될 수 없는 이미지들. 눈앞에서 무너진 사람들. 그들은 언제나 스크린보다 멀어 보여. 너무 감각했거나 그들보다 내가 더 슬퍼했기 때문일 거야. 그런데 강생, 이런 게 너의 희생이야? 아니 이건 희망이야. 희생 없는 희망, 희망 없는 희생 어느 쪽을 택해야 하느냐고 어느 쪽에 희망이 있고 어느 쪽에 희생이 있느냐고 물었을 때 말없이 누군가 가리킨 곳에 버려진 건물 그걸 계속 보고 있으니 진짜 버려진 건 나 같다고 증명들은 갈수록 초라해졌고 환멸보다도 질 나쁜 오염된 대화들. 대화 없이도 가능한 말들. 죽음으로 배운 이름들. 죽음과 구분되지 않는 이름들. 부를 수 없어서 이야기가 된 반영된 이름들.

근데 왜 말도 없이 떠났어요?

나는 나쁜 꿈을 꿨습니다.

그게 뭔지 말해줄 수 있나요?

그럴 수는 없습니다. 아직 깨어나지 못했으니까.

강생, 이제 너를 어떻게 부르지.

영사기사는 알고 있을까.

아무도 출발하지 않았지만 모두가 도착한 채 침묵들은 선고된다.

강생이 내 증거고 내 미래고 내 공간이고 내 이상이고 내 호흡이고 내 질문이고. 강생, 거기 있어? 물으면 강생은 대답했지, 거기 있었으니까. 강생을 찾는 걸 포기했을 때쯤 누군가 강생을 부르는 소리가 들렸고, 듣다 보니 강생은 우리의 의지보다 선명했구나, 보이지 않는 건 강생이 아니라 의지였구나. 강생, 강생, 거기 있어? 누군가의 목소리가 물었고 저러다 말겠지, 목소리는 포기하지 않았고 마치 삶이라도 되찾으려는 사람 같군. 강생, 기억해? 물으면 강생은 대답했지. 그때 내가 무슨 얘길 했던가. (あなたは私の友人ですか?) 강생, 거기 있어? 목소리가 다시 물었을 때 이번엔 내가 대답했지. 이번엔 내가 불을 붙여주었지. 이번엔 내가 먼저 물어보았지. 이번엔 내가 기억했지. 기억이 되기로 했지. 강생이 늘 있던 자리에 내가 있었으니까.

○   조너선 로즌바움, 『에센셜 시네마』, 이두희·안건형 옮김, 이모션북스, 2016, p. 239.

From the Clouds to the Resistance

1959. 4. 13.

진이 장의 영화에 출연하기로 했다는 연락을 받았을 때, 지금 뷔르츠부르크에 있는 거 아니었냐고, 프리브루 대학교의 물리학인지 심리학인지를 전공한 메이예르홀트주의자와 같이 떠난 거 아니었냐고, 어디서 전화하는 거냐고 묻자 볼츠만상수니 맥스웰 방정식이니 그런 소리밖에 할 줄 모르는 인간과 떠나봤자 거기가 거기 같다고, 침묵에게 잘 보이려 애쓰는 것보다도 나을 게 없어 가지 못하는 여행은 더 이상 여행이 아니고, 풍경을 위해 해야 할 일을 하겠다고, 지금은 베르시에 있다고, 그게 정말이야? 난 농담이었는데 정말이야? 떠났던 거야? 물으니 보고 싶었다고, 목소리 들으니까 좋다, 그 목소리가 나도 갖고 있지 않은 내 모습을 가지고 있는 거 같아서 내가 잊은 것들이 어쩌면 아무것도 아닐지도 모른다는 생각에 힘들었다고, 비약 같은 게 없는 곳에서는 살고 싶지 않아 말하며 억지로 그리움을 만들어내고 있었지. 더는 아무렇지 않다는 거짓말은 이제 아무것도 신경 쓰지 않는다는 거짓말과도 같고, 나는 남들이 보지 못하는 것을 볼 수 있는 사람이 아니야 그런 거짓말은 아무도 발견하지 못할 영원의 흔적이 잘못된 삶보다 낫다는 거짓말과 같고, 꿈 같은 건 이루어지지 않을수록 좋은 거라고, 좋을 거라고, 그런 거짓말은 나도 모르는 삶을 내가 살았을지도 모르겠다는 생각에 더 이상은 비참하지 않다고, 저항보다 가치 있는 건 아무것도 없다는 거짓말과 같아서, 그게 더는 거짓말 같지가 않아서, 듣고 싶지 않은 말보다 듣지 못할 것들이 더 두렵기 때문에 반복하고 싶지 않다는 말은 시간이 없다는 거짓말과 다르지 않고, 시간이 우릴 앞서가고 있기 때문에 거짓이 거기 머물 수 없다는 말은 배우지 않아도 할 수 있는 언어만큼이나 자연스럽고 형체라는 죄책감, 비가 오지도 않았는데 흠뻑 젖어서 등장한 인물처럼 우리는 환경을 믿어야 한다고, 그 신뢰가 환경을 만드는 것 같다고, 장의 영화를 처음 봤을 때 그런 걸 느꼈다고, 느꼈다기보다는 균형들이 파괴되고 변경되는 것을 구체적으로 목격했다고, 그런 목격은 삶을 접히게 만든다고, 베냐민의 말을 기억하라고, 접힌다는 게 뭐지? 보기 전의 삶과 보고 난 후의 삶이 달라진다는 의미인 것 같아, 베냐민이 뭐라고 했는데? 그건 잘 기억나질 않지만 아무튼 중요한 얘기를 했었지. 베냐민을 기억해. 근데 내가 아는 장 중에 어떤 장을 말하는 거냐고, 어떤 장이냐니 질서의 파괴자이자 이미지에 미친 장, 파시스트인 장, 시간의 배신자이자 모순의 지배자인 장, 한심한 모럴리스트, 강박주의자, 망나니이자 도둑놈, 쾌락주의자, 개념주의자, 사디스트, 들을수록 그게 누군지 알고 싶지 않아졌고, 알 것 같아졌고, 어차피 그놈이 그놈 아니겠냐고, 내가 아는 모든 장은 다 죽어야만 될 것 같다고, 죽어야 할 장을 생각하다가 그런 걸 그리움이라 부를 수 있다면 부를 생각이었지. 근데 무슨 영화야? 제목이 뭔데? 아직 제목이 뭔지도 모르겠어. 어떤 종류의 영화인지도, 사실 그게 정말 영화인지 아닌지도 잘 모르겠어. 음악이, 영화가 이젠 우리를 도와주어야 합니다. 저는 더 이상 사람을 믿지 않습니다. 저는 인간은 더 이상 존재하지 않는다고 믿습니다. 그 믿음이 저를 존재하게 만듭니다. 장이 준 시나리오인지 시놉시스인지 뭐가 뭔지 알 수 없는 메모에는 그렇게 씌어져 있었는데 그런 게 질문이었는지, 알지 못하는 건 전부 질문이라고 불렀지, 진은 장이 보내준 글을 세 번쯤 읽었을 때 비로소 그게 영화에 대한 것이 아님을 알았다고 나는 그 얘기를 두 번쯤 들었을 때 그게 장에 대한 얘기가 아님을 느꼈고 만나서 얘기해 사실 보여주고 싶은 게 있어, 그게 뭔지도 모르면서 난 좋다고 괜찮을 거 같다고 새벽이었으니까, 내가 했던 약속을 전부 잊어버리고 기억이 진 빚을 갚기 위해서, 낮이었다면 아마 다른 대답을 했을 것이다.

2018. 10. 11.

공간이 된 기억이 있냐고 JS가 묻기에 나는 잘 생각나지 않지만 분명 있을 거라고, 있는 것 같다고 없어진 회색 카디건을 찾으러 다니며 언제부터 입고 있었는지 기억하냐고, 카페에 있을 때까진 분명 있었는데 한 번도 벗은 기억이 없고, 나도 본 기억이 없어서 내가 아무것에도 몰두하지 못하기 때문일지도 몰라, JS가 말하길 끔찍할 만큼 많은 것을 현실에 버려둔 것 같다고, 사라지고 싶다는 생각을 기억보다도 많이 했나 봐. 아무에게도 눈에 띄고 싶지 않다는 생각, 그런 생각이 환경을 만들게 되나 봐. 일기도 마찬가지라고 전부 뭔가를 잃어버렸다는 얘기뿐이야. 더는 잃어버리고 싶지 않아서 썼는데 그게 오히려 날 잃게 만드는 걸까. 나는 내가 쓴 글들을 따라가고 싶어서 일기를 썼던 걸까. 침대에 걸터앉아 내 일기를 읽고 있다는 네가 적혀 있었는데 그게 뭔지 모르겠어. 기억하느냐고, 나는 JS의 일기를 한 번도 읽은 적이 없어서 쓰고 있는지도 몰랐다고, 그건 그냥 가능성 아니었을까. 근데 일기로 뭔가를 추구하는 것이 가능하겠냐고, 의심만큼 전폭적일 수 있는 건 없는 것 같고, JS가 잃어버린 옷들을 따라가기 위해서, 근데 잃어버렸다는 건 그만큼 정직했다는 증거 아니야? 묻다가 관념들을 비껴가면서, 그런 생각은 너무 20세기적인 것 같아서, 왜 내 질문들을 너는 말하고 있지 않은지, 어쩌면 내가 생각하는 나도 내가 아닐지 모르겠어. 내 시각과 기억은 아무것도 아니라서, 더 이상 일치되지 않고 날 믿지 마. 빨리 날 믿지 않는다고 말해줘. 나는 싫다고, 아니, 안 돼. 믿지 않는다고 말해. 난 믿을래. 내 마음대로 믿을 거고 멀리까지 가보았다. 나 때문에 계속 돌아다니게 해서 미안해, 그렇지만 뭔가 잃어버리지 않았다면 아무 데도 가지 않았을 것이다. 이제 본다는 건 가장 좋은 상징이 되겠지. 우연히 발견된 것들만이 우연을 말할 수 있어. 그렇기에 나는 할 수 있는 말이 없고 내가 정말 할 말이 없었다면 삶은 더 나아졌을 거야. JS가 보여주고 싶었다는 사진들을 보면서 나는 믿을 수 없었고, 한 번도 사진 찍는 모습을 본 적이 없는데 어떻게 내 사진이 이렇게 많은지, 언제 이걸 다 찍었는지 말해줄 수 있겠냐고, JS는 말해줄 수 없겠다고, 네가 몰라서 다행이야. 나도 JS의 사진을 보고 싶다고 했다. 디즈니랜드를 증오한다고 하지 않았어? 디즈니랜드에서 웃고 있는 JS의 옛날 사진을 보며 내가 묻자 증오한다고, 여행을 싫어한다고 했었던 JS가 진보초에서 책을 구경하고 있었고, 포르투에서 커피를 마시고 있었고, 프라도미술관에서, 세비야 대성당에서, 가오슝의 극장에서, 웃고 있는 JS가, 긴 머리의 JS가, 타투가 없는 JS가, 무표정한 JS가, 짧은 머리의 JS가, 염색을 한 JS가, 담배를 피우는 JS가, 뒤를 돌아보는 JS가, 뭔가 설명하는 JS가, 타투가 있는 JS가, 내가 모르는 JS가 거기 있어서, 이 모든 모습이 너라는 게 신기해. 이건 그냥 이미지야. JS의 오른팔에 새겨진 열 마리의 새를 하나씩 천천히 들여다보며 볼 때마다 새의 위치가 달라지는 것 같아. 팔에 열 마리의 새를 새긴 이유는 매번 물을 때마다 달랐는데 어쩌면 그 모든 것이었을지도, 아무것도 아니거나 너무 자유롭거나, 오늘은 묻지 않았다. 미안, 기억이 지워지고 부재가 성장하고 있어, JS는 말하고 오른손을 펴 내 눈을 가렸다. 많이 볼수록 우린 좁아지는 거야.

1959. 5. 18.

샤론느가 근처의 카페 테라스에서 진이 썼다는 소설을 보며 내 얘기가 나온다고 했는데 도대체 어디에 나온다는 건지 세 번이나 읽었는데 알 수가 없어서 이것은 이해의 문제일까, 미첨이라는 강아지가 나왔는데 어쩌면 그게 나였을까, 핫초코에 위스키를 넣어 마시다가 극장 밖을 나오는 사람들은 어째선지 다 필립처럼 생긴 것 같아서 영화가 문제가 많구나, 생각하고 있었는데 정말 필립이었다. 오늘 꿈이 나에게 말해주었지. 네가 여기 앉아 있을 거라고, 필립의 꿈에서 맨 마지막 자리에 내가 앉아 있었다고, 빌어먹을 탄산수 같은 건 마시고 싶지 않아, 아포카토를 시켜놓고 방금 본 잉마르 베리만의 「산딸기」에 대해서 말하고 그 영화에서 빅토르 셰스트룀이 꿈에서 깨어나는 장면이 몇 번 반복되고 있는지를 보라고, 그것이 왜 중요한지 제대로 설명하지도 못하면서 난리를 쳤고, 필립 구체적이지도 못할 거면서 난리야, 왜 난리를 쳐, 꿈 장면에 대한 얘기를 세 번쯤 했을 때 그가 말하려는 것이 영화에 대한 것이 아님을 알 수 있었지만 필립은 굴하지 않았고 자기는 더 이상 자유 앞에서 굴복하지 않을 거라고, 작년 겨울엔 베니스에서 비비 앤더슨과 함께 저녁 식사를 한 적이 있다고, 그녀가 할 수 있는 프랑스어는 아주 간단한 문장뿐이었는데 아직도 기억난다고, Je suis ta voix(나는 당신의 목소리입니다), si ton doux regard Se perd parfois(가끔 너의 달콤한 시선이 사라지면), Je souffre depuis la nuit dernière(어젯밤부터 고통스러워), 그건 어디 나오는 대사였을까? 묻고 싶었지만 묻지 못한 게 아쉬워, 근데 묻지 않아서 다행인 것 같다고, 무질서 덕분에 우리가 만날 수 있었다고, 우리가 알게 된 것도 무질서 덕분 아니었냐고, 그런 걸 덕분에,라고 해야 하는 건지, 꿈에 대해 생각하느라 삶을 다 쓴 것 같다고, 그런 게 있었다고 한다면, 삶이란 게 있었다고 한다면, 아니 꿈이란 게 있긴 했다면, 우리는 백지처럼 시간에 대해 얘기한다. 영화를 찍는다는 장에 대해 아느냐고 장이 찍는다는 영화에 대해 아느냐고 묻자 필립은 어떤 장을 말하는 거냐고 자기가 아는 영화를 찍는 장이라곤 막돼먹은 장뿐인데 사실 그가 걱정된다고, 장은 금방 죽을 것 같아, 어째서? 그의 머릿속엔 너무 많은 충돌들이 있어서 그의 생각이 그보다 더 실체에 다가서는 중이라고, 안 그래도 최근 그를 떠올렸는데 같이 가보겠냐고, 나는 필립의 얘기를 듣느라 정신이 없었고, 그와 함께 장을 만난다면 삶이 싫어질 게 뻔했기 때문에 가지 않겠다고, 필립은 말하느라 바빠서 주문한 아포카토에 손도 대지 않았는데 하나도 녹지 않았고, 나는 그게 신기해서 그의 아포가토를 가리키며 저게 너를 기다리고 있군, 하고 말해주었다. 필립은 자신의 머릿속을 맴돌던 생각들이 흘러내리지 않고 구체적인 사물이 된 것에 성공한 것처럼, 녹지 않은 아포가토가 마치 그것의 증명이라도 되는 것처럼 감탄했고, 녹지 않는 아이스크림은 아이스크림이 아니라고, 저것은 스스로 진화했다! 스스로의 정체성에서 벗어났다! 저것은 이제 상징으로서 기능할 것이다! 우리는 더 이상 자유를 두려워하지 않는다! 이것은 하나의 계시다! 나는 필립의 입을 다물게 할 수 있다면 무엇이든 할 수 있을 것만 같았다. 장의 아파트에 같이 가지 않겠어? 필립은 방금 내 대답은 들은 적도 없다는 듯 되물었고, 나는 그가 아까 내 대답을 듣고도 못 들은 척 다시 묻는 건지, 아니면 정말 정신이 팔려서 못 듣고 다시 묻는 건지 알고 싶었지만, 알아봤자 삶에 큰 도움이 될 것 같지도, 아무것도 해소되지 않을 것 같아서 그냥 가지 않겠다고, 대신 안 먹을 거면 아포가토는 내가 먹겠다고 하자 이걸 먹을 생각을 하다니 너는 참 매정하구나, 냉혈한이구나, 그딴 소리를 하며 손도 대지 말고 놔둬야 한다고 주장했다. 오늘 저녁에 「Band of Angels」가 상영하던데 같이 갈 거냐고, 내가 대답하기도 전에 밖을 지나가는 누군가를 보며 저기 봐! 누군지 알겠냐고 저기 라울 월시가 지나간다! 그는 나의 미국 삼촌이다! 우리는 영화라는 같은 부모를 가졌다! 필립, 미친놈처럼 굴지 마, 나는 여기서 당장 도망쳐야겠다고 다짐했다. 카페에서 나와 우리가 앉았던 자리를 쳐다보았는데 아포가토는 여전히 녹지 않은 채 처음 나왔던 모습 그대로 있었고, 나는 몇 번이나 뒤를 돌아보았지만 종업원은 그것을 치우지 않고 놔두었다.

어떤 영화에서는 아무도 나이 들어 보이지 않고, 어떤 영화에서는 다시 볼 기회들 박탈당하고, 어떤 영화에서는 근거들 스스로 기능하고, 영화들은 무표정을 찍을 때 그 무엇보다 영화 같다. 형식으로만 가능한 것들이 결국 형식을 배반한다. 이미지가 도처에 있다. 죽음이 가능한 얼굴로 형태를 본다면 망각되는 것은 결핍의 가능성이다. 이미지와 시간의 충돌. 그것을 담는 거라고, 보이는 것으로부터 가능한 한 멀리, 저는 멀리서 보는 것을 좋아합니다. 언어가 소통 중심이 된다면 필연코 교환가치를 숭배하는 상업 문학에 기여하는 꼴이 된다고 했던 아도르노의 말을 기억하세요. 약속 시간엔 무조건 30분 일찍 도착하거나 아예 도착하지 말아야 합니다. 그것은 약속이기 때문입니다. 무슨 말인지 알겠습니까? 가장 이상적인 상영 시간은 86분입니다. 새뮤얼 풀러, 조지프 H. 루이스, 니컬러스 레이, 그들은 그것을 알았고 우리 몸이 그것을 알지요. 이미지의 사정거리를 파악하고 있는 것이 무엇보다 중요하다고, 문제는 저입니다. 언제나 그렇죠.

한번은 제작사와 언쟁이 있었습니다. 죽은 사람을 출연시킬 수는 없다는 것이었습니다. 저는 출연시키고 싶다고 했습니다. 그게 누구였죠? 에리히 폰 슈트로하임. 근데 정말 어떻게 출연시킬 수 있죠? 상상력. 저는 그들이 저와 함께 상상하기를 원했습니다. 그러나 그들은 제가 미쳤다고 했죠. 저는 스스로를 바꿀 수 없다는 걸 알고 있습니다. 그래서 전 영화를 바꾸려 하고 있습니다. 장은 말했고, 그는 많은 것을 알고 있었지만 얘기를 들으며 내가 느낀 건 별로 알아야 할 필요가 없는 것들까지 필요 이상으로 많이 알고 있구나 하는 사실뿐이었고 필립은 테라스에서 라디오로 음악을 들으며 춤을 추고 있었다. 그는 마태수난곡을 들으며 춤을 출 수도 있는 위인이었는데 글이 죽을 만큼 써지지 않을 때마다 알 수 없는 춤을 췄고 엄밀히 말하면 그건 춤이라기보다는 몸부림에 가까웠지만, 필립이 걱정하더군요, 잠시 필립의 발악을 바라보다가 내가 말했고 뭘요? 미래 말입니까? 나는 순간 장 앞에서 죽음을 말하는 것만큼 어리석은 일은 없을 것 같다는 생각에 고개를 저었다. 윤리는 미래의 미학입니다. 그런가요? 장의 방에는 침대가 두 개 있었는데 이 중 어디에서 자느냐고 묻자 그는 둘 다 사용한다고 했다. 홀수인 날에는 왼쪽에서 자고 짝수인 날에는 오른쪽에서 잡니다. 무슨 차이가 있나요? 왼쪽과 오른쪽이라는 차이가 있죠. 그런가요? 사실은 꿈이 필요할 때는 왼쪽에서 자고 잠이 필요할 때는 오른쪽에서 잡니다. 오늘이 며칠인가요? 18일입니다. 그렇다면 오늘은 이쪽이군요. 장은 아까와는 달리 왼쪽 침대를 가리키며 말했다. 왼쪽을 주의하세요. 파시스트에 대해 말하시는 건가요? 아뇨. 허무주의에 가깝지요. 장은 말했고 나는 그의 말이 전부 농담인지 아니면 선언인지 구분할 수 없었는데 어쩌면 양쪽 모두였는지도. 저는 필립이 죽을까 봐 걱정되는군요. 장은 말했고 왜냐고 이유를 물었지만 대답하지 않았다. 문을 닫지 마세요. 장의 방문을 닫으려 했을 때 그가 말했다. 일부러 열어놨어요. 내가 알던 과거의 감각이 들어올 수도 있으니까. 장의 집을 나올 때 시계를 보니 우리는 86분간 대화했다. 반복되는 건 어리석음뿐이다.

2018. 10. 18.

하이볼을 마시며 나는 그레이스랜드를 생각했고 하이볼을 마시며 JS는 그레이스랜드를 생각하지 않았고, 영화가 다 끝날 때쯤 주인공이 등장하는 영화를 보러 가고 싶어. 문제를 생각하지 않는 것은 언제나 문제인 것 같아서 JS는 감정에 정직하고 싶었고, 나는 감정을 배제하고 싶어서, 넌 이제 언제 올 건데, 난 이제 안 울 거야, 아니, 그런 게 아니라 그렇구나, 안 울 거구나, 차라리 날 멋대로 생각해줬으면, 내가 왜 그러는지는 나도 몰라, 모르기 때문에 계속할 수 있어. (너무 슬펐기 때문에 제정신이 아니었던 나를 용서해줘.) 우리는 왜 항상 저녁에만 만나는 건지, (그건 네가 언제나 나를 기다리는 데 실패했기 때문에) 이런 건 더 이상 의지가 아니야. 이런 게 아직은 삶이라고 우길 수 있고 그러고 싶지가 않아서, 나에게 더 철저해지고 싶어서 밤을 새웠어. 타인의 말을 너무 이해하고 싶어서 타인이 되어버린 사람을 생각했어. 너의 결핍을 너무 믿어서 사라져버린 것들을 보러 가고 싶었지. 내가 누구보다 먼저 사라질까 봐. 내가 하지 않은 생각들이 나보다 더 선명할까 봐. 누군가가 계속 말을 하고 있는 거야. 말을 너무 많이 해서 난 다른 사람이 되어버린 것 같아. 아니, 말이 너무 없어서였거나. 어떤 무심함들 가끔 통찰력으로 보이기도 하고, 속이던 사람들보다 악몽들에게 언제나 더 솔직하라고, 감당할 수 없었기에 어떤 생각들은 가능하고 가능할 수 있다면 아무것도 받아들이지 않아도 좋다. 명확한 이미지는 언제나 황폐함을 품고 있고 뭔가 발견하고 싶다는 생각이 이제는 하나도 없어. 생각 같은 거 내가 대신 해보려고도 했지. 그래서 이젠 어떻게 할 거야. 너무 쉬운 질문들 잔혹하고, 그 어떤 말도 감정을 넘어선 안 돼. 그런 건 전부 비밀

이야. 아니 그런 말들이 있기나 했었나. 네가 한 번이라도 믿기나 했었나. 있어주기나 했었나. 믿을 수 없이 멀기만 해. 이젠 우리가 어디 있는지 난 모르겠어. 사유가 우리에게서 멀어질 때 정직할 수 있겠냐고, 내가 보았던 것과 꿈까지의 거리가 너무 멀어. 무언가를 오랫동안 쳐다보면 그걸 걱정하게 되어 있고, 내가 발견한 것을 말하는 편이 나을까 말하지 않는 게 나을까. 극장에서 볼 생각도 없었던 영화가 상영되면 좋겠어. 그러면 나도 삶을 이해할 수 있을 것만 같아. 빛이 조심스러워졌어. 옹호했었지. 현실에서부터, 가방도 없이 삶을 꿈꾸는 건 이상해. 고개를 들면 왜 똑같은 장면만 반복되는 건지, 이름들을 기억하지 못하는 나한테 이러는 건 불공평하다고, 잊어버린 것과 기억하지 못하는 건 근본적으로 다른 거라고, 근본적으로 다르기 때문에 근본이 되는 거라고, 시간을 자르고 날 열어줬으면, 내 생각을 자르고 거기서 날 꺼내줬으면, 네가 내 시간을 만져주었으면, 어떤 불안 속엔 존재를 숨길 수 있다. 환각으로만 가득한 이야기. 알랭 타너가 그걸 영화화했어. 그걸 봐야만 할 것 같아. (포르투갈엔 호수가 많다던데 그럼 나도 돌아오겠다는 말을 믿을 수 있을까.) 자기가 죽었다고 생각하는 사람과 자기가 죽은지도 모르는 사람이 만나서 대화하는 이야기. 뭔가를 찾는 사람과 뭔가를 잃은 사람이 만나서 대화하는 이야기. 여전히 꿈에서 깨지 못하고 있는 사람과 꿈에서만 사는 사람이 만나서 대화하는 이야기. 아무것도 믿지 못하는 사람과 믿음으로 가득한 사람이 만나서 대화하는 이야기. 떠날 수밖에 없는 사람과 떠나지 못하는 사람이 만나서 대화하는 이야기. 문제를 해결하려는 사람과 해결을 믿지 않는 사람이 만나서 대화하는 이야기. 그건 전부 같은 이야기라서, 이야기라는 이름으로 전부 같아질 수 있을 것만 같아서 (그런 걸 이야기라고 할 수 있을까.) 내가 쓸 수 있었더라면 같아질 수 있었을까. 쓸 수 없었기에 아무 일도 일어나지 않았다. 밤에 했던 이야기와 밤의 이야기들. 극장 너머에는 생명이 있고 생명 뒤에는 극장이 있습니다. 출발점은 상상이었고 나는 진짜들을 발견했습니다. 하지만 진짜 뒤에는 언제나 상상이 있었습니다, 그런 구절을 어디서 봤는데 그게 어디였었는지. 점령당한 시각처럼, 사라진 의지처럼, 어젯밤처럼, JS는 나를 생각하지 않았고 나는 JS를 멋대로 생각했다. 갑자기 어두워졌다고 해서 다 믿어버리고, 손을 잡는다는 게 왜 방식으로 전환되지 못하는지, 그런 게 전부 요청이었냐고 나에게 말하길, 소리가 없는 것들은 전부 결론이야. (사라진 건 기억이 아니라는 걸 어떻게 말할까.) 퇴보는 진리를 담고 있다.

1959. 6. 20.

불이 얼마나 큰지 작은지는 중요하지 않습니다. 촛불만한 불이더라도 옮겨붙기만 하면 되는 거니까요. 이미지들은 옮겨붙을 수 있어야 합니다. 르베르디는 이렇게 썼죠. 이미지는 적나라하고 환상적이어서 강한 게 아니라 관념의 연합이 멀리 떨어져 있고 정확해서 강한 것이다. 어떤 장면에서 무조건 비가 내려야 한다고 생각된다면 오게 만들 수 있어야 한다고, 그것만이 연출자의 할 일인 것 같다고 날씨와 대화하는 것 말입니다. 비들은 이미 다른 쾌락을 경험한다. 장의 비현실적인 주장은 어째서인지 나를 설득시켰는데 아마 스스로도 그 말을 믿고 있지 않기 때문인 것 같았다. 진은 고개를 저었다. 끔찍한 일이야. 진과 언쟁을 벌이는 동안에도 장은 뭔가 메모하고 있었는데 몰래 훔쳐보니 거기엔 이렇게 씌어져 있었다.

총은 꽃다발 속에 감춰라

2018. 10. 30.

네 전화가 내 시간을 두 동강 냈다고 이어 붙일 수 없게 그 목소리가 내 기억을 절단시켰다고, 카메라의 플래시가 터지지 않았던 건, 사진을 찍고 있는지 네가 알지 못했던 건, 우리의 꿈속이어서 그랬던 것 같아. 너 말고는 아무도 만나지 않았기 때문에 시간은 흐르지 않았고 난 전혀 성장하지 못한 것 같아. 그래서 넌 내가 지루했을까 아니면 실망했을까. 배제만이 선명한 세상. 그래도 끝까지 믿었다면 거기 있었을 텐데. 내가 있을 텐데. 나도 모르는 삶을 내가 살았을지도 모르겠다는 생각에 너는 지쳤을까 아니면 원망했을까. 빌려달라고 했었지. 네가 읽고 있었던 책, 번역 따위를 읽는다는 건 삶에게 잘못하는 일 같다고 말했었지. 빌리는 사람은 절대 자유롭지 못해. 빌린 것에서만 뭔가를 발견할 수 있으니까. 스스로를 빌리거나 빌려주고 싶다고만 생각했어. 발견되고 싶었으니까. (당신이 발견한 것에 대해 책임을 지세요. 그러지 않을 거면 발견을 말하지 말아요.) 변하는 것과 변하지 않는 것을 나는 구분할 수 없었지. 네가 변화였으니까. 그래서 구분하고 싶었지. 실제 변화가 이루어지는지 따위는 더 이상 중요하지 않아. 내가 그렇게 믿고 있다는 게 중요한 것 같아. 너는 너의 말들이 전부 부족하다고 했지만 그 부족함이 나를 영원히 너의 편으로 만들게 해. (미안, 난 달나라에 살아.) 너무 집중한다는 게 무서워져. 아무것도 가진 게 없기 때문일 거야. 마음대로 잘 안 돼. 생각 같은 게 잘 안 돼. 누군가가 있으면 있다고 없을 때보다도 더 실체가 없는 마음이 있다고, 본 적도 없는 말들이 누구보다도 선명하다고, 내가 언제 기억해두었는지 모를 삶 속에서, 해본 적 없는 질문 속에서, 아무도 내게 말해주지 않았기 때문에 다 잊어버린 거 같아. 난 항상 불확실한 미래에 중독되어 있었고 미래에도 그럴 것만 같은 느낌이야. 그리울 것 같은 느낌이야. 그런 건 느낌이고 느낌은 언제나 진짜야. JS의 편지를 처음 읽었을 때, 뭔가 잘못되었다고 느꼈고, 두번째 읽었을 때 시간과 결합하지 못하는 고민이 삶을 죽게 한다고 생각했고, 세번째 읽었을 때 너의 이해가 만들어낸 거짓말, 네번째 읽었을 때 더는 아무것도 알고 싶지 않았지, 다섯번째 읽었을 때 나는 JS가 보고 싶었다. 보고 싶다는 생각이 너무 강해서 내가 JS보다 24년 정도는 더 나이 든 것 같았다. 널 만나지 않으려는 게 아냐. 널 피하려는 게 아니라 절망을 피하는 중이야. 말해줘 JS. 이제 실감은 어느 쪽이지? JS가 들었으면 해서 없는 JS가 여기에 있으라고, 없어야 할 것들은 언제나 명확하고 명확하다면 그건 모든 것이다. 변화는 거기 있다. 내가 마흔여덟 살이었을 때 스물네 살일 너를 생각했다. 내가 스물네 살일 때 마흔여덟 살일 너를 생각해보았다. 네가 마흔 살일 때 예순네 살일 나를 생각했다. 내가 예순여섯 살일 때 마흔두 살일 너를 생각해보았다. 사라진 건 기억이 아니라는 걸 어떻게 말할까. 스물네 살이었던, 마흔 살인, 예순네 살일 수도 있었을 너를 생각했다. 생각할 수 없었다. 배제되는 것들만이 언제나 자유를 건설한다.

1959. 7. 30.

필립은 전 세계에서 다섯 명 정도만이 알아먹을 수 있는 소설을 써 갈기느라 바쁘다고, 바빴다고, 진은 신발을 사고 있는 필립을 보았다고, 그는 언제나 한 치수 큰 신발을 샀지. 생각이 비집고 들어갈 틈이 있어야 하니까. 성경을 팔러 온 외판원에 대한 농담 알고 있어? 필립의 질문에 진은 대답하지 않았고, 방금 커피에 들어갔다고, 뭐가? 방금 커피에 네 옷을 담갔어. 괜찮아, 명료해지고 싶어서였어. 사인을 해달라는 누군가의 부탁에 진은 펜이 없다고 했고, 펜은 있었고, 사인을 하는 진의 모습을 바라보며 외판원에 대해서는 생각하지 않으려 했지. 소문들이 너무 많아서 넌 아예 소문이 된 것 같았고 소문이 되기로 작정한 너를 보다가 사인 같은 건 끔찍해. 끔찍한 일이야. 이름을 쓴다는 거 말이야. 나는 내 이름이 싫어. 진은 한숨을 쉬었고, 열심히 해놓고 그렇게 말하는 게 무슨 소용인지, 방금 그 근사한 미소는 다 뭐였는지, 아니면 그저 전환의 말이었는지, 생각하다가 가방 속에서 아까 샀던 위스키를 꺼냈는데 방금 본 오토 프레민저의 영화 속 한 장면과 너무 비슷하다는 게 재밌어서 웃었지만 아무것도 달라지지 않았다. 나한테 지금 이게 필요한지 어떻게 알았어? 무리에서 떨어져 나온 사람들 중에서 한 명이 내게 길을 물었고, 어떻게 가는지 나도 모르겠다고 말하니 나도 이 시대에 함께 성장하지 못한 채 떨어져 나온 기분이었는데 그런 것들만이 명확했다. 장이 말해준 파베세의 소설을 읽어보려고 새 책을 주문했는데 50년쯤 묵은 것 같은 낡고 곰팡이가 잔뜩 슨 책이 왔다고, 시간이 나를 잃어버렸기 때문일 거야. 이젠 읽고 싶지도 않아졌어. 필요하면 너한테 줄게. 나는 좋다고 했다. 근데 네가 쓴 소설에 내 얘기가 어디 나오는지 난 모르겠어. 그런 게 무슨 의미야. 그냥 버티기 위해서였어. 우리가 지금 어디 있는지 알고 싶어서였다고. 장은 요즘 어때? 내가 묻자 순식간에 위스키를 비우던 진은 고개를 저었다. 장은 죽었어. 죽었다니 그게 무슨 말이야? 어떤 장을 말하는 거야? 처음 물었을 때 그건 질문이었는데 다시 물었을 때 그건 질문이 아니라서 애초에 전부 알고 있었거나 알고 싶지도 않다는 생각이 들었다. 듣고자 하는 욕망은 묻고자 하는 욕망이 아니고 잃기 위해서만 말은 거기 있다. 애초에 없었다고 말을 하기 위해서도 말은 거기 있어야 하니까. 장은 자살했어. 알고 싶으면 직접 가서 확인해봐. 나중에 진이 적어준 주소로 가보니 거기엔 극장도 없었고, 학교도 없었고, 영화도 없었고, 음악도 없었고, 공원도 없었고, 커피도 없었고, 밤도 없었고, 약속도 없었고, 장도 없었고, 질문도 없었고, 적어도 우리가 상상할 수 있는 건 아무것도 없었고, 내가 갔을 때 그들은 이미 차원의 문을 닫고 있었다. 밤이었다면 아마 다른 대답을 했을 것이다.

장면들은 말을 감춘다.

This is not mise-en-scène for you guys!

끝까지 살아남는 건 결국 외판원이다. 그는 성경을 읽지 않기 때문이다.

(이 글은 103개의 리버스 숏과 57개의 클로즈업으로 이루어져 있다.)

2018. 11. 30.

병으로 이기는 병. 절망으로 이기는 절망. 그런 건 이제 지겨워. 같은 말을 하면 같은 삶을 살 수 있을까, 같은 삶을 살면 같은 말을 할 수 있을까, (나보다 침묵이 더 너를 질투하는 거 같아) 기다림은 언제나 늦어졌고 끝으로 맞서는 끝. 질문 없이 생각으로 맞섰던, 기억으로만 맞섰기에 기억될 수도 없었던, 다 지나갔어. 유독 꿈이 길었네. 이젠 네가 보여. 네가 아닌 다른 것이 보이면 어쩌지. 이를테면, 비규정성의 재현. 우리 한 번도 만난 적이 없었던 걸로 할까. 좀더 극적이게 될까. JS는 말했고 JS가 말해서 그렇게 하기로 했지. 만난 적이 없었던 걸로, JS에게 내가 보이든지 말든지 모르는 걸로, 못 만났으니 기억도 없는 걸로, 내가 보이는 JS 같은 거 있든 말든 없던 JS로, 없는 생각으로, 너도 모르는 너와 있느라 바빴어. 너도 믿지 않는 너를 믿느라, 네 꿈속보다도 내가 나은 게 없는 거 같다고, 이제는 한 번도 만난 적이 없는 네가 너무 그리워. 그런 얘길 하면 아직 우리가 한 번도 만난 적이 없다는 사실을 알 수 있었고, 그런 얘길 들으면 내가 아무것도 약속하지 않았다는 걸 알 수 있어서, 삶을 보는 습관이 결국 삶을 만드는 것 같아. 섣부른 희미함들. 결국 절박한 것이고, 불가능들. 이해를 넘어서고 마음대로 절박해져놓고는 이제 와서 이해를 달라고, 다를 게 없다고, 달라질 거라고, 같은 말, 다른 공간에서 같이 있으려면 이젠 달라져야 하는데, 말할 수 있는 건 소외되어 있는 것뿐이라 그런 건 기분이고, 소외되었다는 말을 할 수가 없고, 그럴 말이 없고, 어차피 전부 부끄럽겠지, 이젠 그러지 않기로 해. 시계를 보지 마. (네가 본 건 시간이 아냐, 내 죽음이지.) 나는 잃어버린 생각을 찾으러 왔을 뿐이야. 네가 나를 너무 많이 가지고 있어서 네 생각을 베끼고 싶어. 그런 게 최선 같았어. 최선이라는 단어가 적절하지 않다는 걸 나도 알아. 그렇지만 그렇게밖에 말할 수가 없고 (내가 진짜 하고 싶은 말이 뭔지 너는 알지? 너는 나보다도 나를 잘 아니까, 나보다도 너는 내가 되어가고 있으니까, 내가 뭘 하고 있는지 알고 있는 사람은 너뿐이야.) 이젠 어디로 가느냐고, 그렇게 긴 하늘, 오랫동안 보고 있었고, 보게 되었는데 이젠 구름이 멋대로 날 상상해. JS의 오른팔에 새겨진 새들을 보다가 원래 열 마리 아니었나? 아홉 마리뿐인데. 나는 보이지 않는 하나를 찾아내고 싶었지만 찾을 수 없었고, JS가 가리킨 내 손등 위에 작은 새 한 마리가 있는 것을 보았다. 이게 언제 여기 왔지? 아마 네가 오랫동안 보고 있었기 때문일 거야. JS는 말하고 오른손을 펴 내 눈을 가렸다. 기억은 이제 나와 아무런 상관이 없고 인용은 멀어질 뿐이다.

1960. 8. 27.

장의 영화를 보고 나왔을 때 우리는 말이 없었고 성경을
팔러 온 외판원에 대한 얘기 알고 있어? 필립은 물었고 진은
고개를 저었다. 그게 뭐냐고 내가 묻자 필립은 잠시 말이 없
었다. 나도 잘 기억이 안 나. 장이 해준 얘기였는데. 장이라
니 어떤 장을 말하는 건데? 자살한 장조차 나의 세계에서는
아직 죽지 않았기 때문에 내가 물었고, 자살이 아니었어, 그
는 그냥 잠들어버린 거야. 그리고 그냥 깨지 않기로 한 것뿐
이야. 필립은 말했고, 순간 나는 그가 어느 침대에서 자고 있
었을지가 궁금했다. 그냥 부르기 나름 아닌가? 진은 그것이
자살이라·생각했고, 필립은 꿈이라고 생각했고, 나는 자유일
것이라 생각했다. 얼마 후 진은 그것이 타락이라고 생각했고,
필립은 유머라고 생각했고, (영국식 유머?) 나는 저항이라
고 생각했다. 그리고 훗날 나는 그것이 일종의 대화가 아니
었을까 하는 생각이 들었다. (누구로부터의?) 우리가 상상할
수 없다면 그 일은 아직 일어나지 않은 것입니까? 장은 물었
고 장의 영화를 보았을 때, 다시 그 질문이 떠오르기도 했지
만 혼자 하는 질문이 진짜 질문이고 그것은 산책이 아니었을
까, 말을 너무 많이 해서 난 다른 사람이 된 것 같아. 아무 데
도 갈 수 없는 사람이 된 것 같아. 필립은 카페 테라스에 양복

을 입고 앉아 있는 남자와 인사했고 나와 진을 소개해주었다. JMS는 일어서서 우리와 악수했다. 여기서 뭘 하고 있나요? 사라진 사람들을 기다리고 있어요. 영화제에 가시나요? 필립이 묻자 JMS는 고개를 저었다. 그냥 동의하지 않고 있기 때문입니다. 무엇에 동의하지 않으시나요? 진이 물었다. 시간, 거리, 노동, 소유, 폭력, 언어, 이야기들, 간단하게 말해서 삶 그 자체. JMS는 아무렇지 않은 듯 대답했다. 가장 동의하지 않는 것은 무엇인가요? 자유. 그러면 가장 동의하는 것은요? 자유죠. JMS가 말했다. 영화에 대해 필립이 묻자 그는 말을 아꼈다. 다음 영화에서는 아마도 신화와 파베세를 읽을 겁니다. 카메라는 거의 움직이지 않을 겁니다. 카메라 이동은 생각에 방해만 될 뿐이죠. 언어가 우리의 생각을 옮길 테니까요. 미안하지만 당신 영화는 하나도 본 게 없군요. 내가 말하자 아무것도 아니라는 듯 JMS는 손을 내저었다. 그럴 필요 없습니다. 때가 되면 영화가 당신을 보러갈 테니까. 장이 죽었다더군요. 내가 말했다. 장이라니? 어떤 장을 말하는 겁니까? 그는 물었지만 아무도 말이 없었다. JMS가 들고 있던 담배를 다 피울 때까지. 극장에서 또 만나겠군요. 우리가 잃어버린 것을 말하십시오. 우리는 이미 알고 있습니다. 헤어지기 전에 JMS가 말했다. 극장 너머에는 생명이 있고 생명 뒤에는 극장이 있습니다. 출발점은 상상이었고 나는 진짜들을 발견했습니다. 하지만 진짜 뒤에는 언제나 상상이 있었습니다, 헤어지기 전 장이 내게 했던 말이 떠올랐다. 자본주의가 끝나고 만나. 헤어지기 전에 필립은 말했고 가장 멀리 가고 싶어서 나는 아무 말이나 했다.

나중에 진이 보내준 파베세의 책은 깨끗했지.
진이 시간을 되찾았기 때문일까?
그게 아니면 책이 깨끗하다는 건 뭘 의미하지?

질서?

질서.

나는 이미 내가 가지고 싶은 모든 것이다

가와모토가 말해준 영화를 자막도 없이 240픽셀의 화질로 봤는데 그건 화질이라기보단 전생 같아, 도무지 이해할 수 없었기에 끝낼 수도 다시 시작할 수도 없었고 중간중간 낭독되는 것은 어떤 소설의 일부인지 시인지 내 목소리인지 알 수가 없었지, 잠이 들었다는 뜻이었다. 가와모토, 넌 이해했어? 물으니 네가 추천하지 않았냐고 자기가 먼저 물어보려 했었다고, 설마 그런 기억이 없는데 난 누군가에게 추천 같은 거 안 해, 그럼 네가 기억하는 걸 말해봐, 내가 기억하는 나 같은 건 없고 없어야만 할 것 같아서 노력했던 기억밖에는, 내레이션은 그게 내레이션이기 때문에 좋은 것 같다고 모든 내레이션은 반칙이야 그래서 좋다고, 사고를 흘러가게 해주니까 사고보다도 먼저 우리를 기능하게 해주니까, 근데 가와모토, 지금 어디로 가는 거야? 얘기 안 했었나? 아까 어떤 사람이 찾아왔었는데 자기 아버지의 시체가 여기 있는지 묻더라, 여긴 당구장인데요 하니까 편지를 보여주며 여기가 여기 아니냐고, 여기는 여긴데 장소는 장소일 뿐이라고 그럼 자기는 어디로 가야 하는지 묻더라, 잘은 모르겠지만 저는 당신의 아버지도 아니고 시체도 아니에요, 여긴 있어야 할 게 아무것도 없는 곳이에요, 여긴 시간의 공백을 측량하는 곳이에요, 정말 그렇게 말했다고? 아니, 안 그랬어, 그냥 모르겠다고 말했을 뿐인데 우시는 건가요? 괜찮으신가요? 괜찮아요, 아침으로 오코노미야키를 먹어서 그래요, 그런가요? 어쩌면 너무 늦었는지도 모르겠어요, 이 근처에 극장이 있나요? 나는 질문받은 사람의 태도를 취하려 노력했지, 있긴 있는데 이젠 영화를 상영하지 않아요, 영화를 상영하지 않는 극장을 극장이라 부를 수 있을까요? 어쩌면 거기일지도 모르겠다고, 그래서 어딘지 말해줬는데 가와모토 우리도 지금 거기 가는 거야? 아니 끝내주는 히로시마식 오코노미야키를 먹으러 가는 건데? 하이볼도? 하이볼도. 하지만 있어야 할 곳에 가와모토가 말한 가게는 없었고, 가와모토, 네가 기억하는 걸 말해봐, 분명 여기라고, 얼마 전에도 왔었는데 불 꺼진 건물 주변을 맴돌며 장소란 원래 쉽게 마음을 바꾸는 법이니까, 라고 말했지만 가와모토는 납득할 수 없다

고, 아까부터 우리를 바라보던 사람에게 여기 혹시 오코노미
야키집이 있지 않나요? 물으니 그는 잠시 생각하더니 설명
하기 어렵다는 듯 손을 내저으며 여긴 잘못된 언어들의 종착
지라고 아직도 의사소통을 기대하는 사람이 있느냐고 묻진
않았고, 절 따라오시겠어요? 물었지, 밥을 먹으면, 오코노미
야키와 하이볼을 마시고 나면 우리가 정말 어디로 가야 할지
알 수 있을 것만 같아서, 가와모토 네가 가면 나도 가는 거니
까 따라가면서, 무언가가 생각나면 생각날수록 더욱 잘못된
방향을 향하게 되는 것 같다고 우리는 해야 할 질문들을 놓
쳤고 그것들을 따라가는 중이었지, 가면 갈수록 우리가 헤맸
던 게 처음이 아닌 것 같아, 갑자기 걸음을 멈춘 그가 우리를
보며 가리킨 곳엔 아무것도 없었는데 가와모토가 여긴가요?
여기가 맞나요? 하고 물어도 자기가 아는 건 여기까지라고
말하며 어둠을 들여다보는 게 순서가 아니겠냐고 말하진 않
았지만 말하고 싶은 것처럼 어둠만을 가리키며, 멈추면 거기
가 질문이 되는 것 같아, 우리가 헤맸기 때문에 질문이 되는
것 같아, 여긴 아무것도 없어 이젠 문을 닫은 극장뿐이야, 빛
바랜 포스터를 보며 잠깐 안에 들어가봐야 할 것 같다고, 가
와모토를 따라가며 저기 있는 고양이가 이쪽으로 와줬으면
좋겠다, 내가 부르지 않아도 와서 뭐라도 얘기해줬으면 좋겠
다, 배가 고픈 건지 삶이 싫은 건지 모르겠다, 생각하다가 왜

그래 가와모토, 뭘 본 거야, 물어도 대답해주지 않았기에 여기 이미 늦어버린 풍경들의 무덤 같아, 안에 시체라도 있어? 아니 그거보다 더 나쁜 거, 뭐가 보이는지 말해줄래? 아무것도, 아무래도 우리가 찾아봐야 할 거 같아, 아까부터 계속 찾고 있었잖아, 다른 거 먹어도 난 괜찮아, 아니 당구장에 왔던 사람이 찾고 있었던 거, 내가 제대로 대답해주지 못해서 아무것도 찾을 수 없게 된 건지도 모르겠어, 아무것도 상관하지 않았기 때문에 전부 상관있을지도 모르겠다고, 알 수 없는 사람들의 질문만이 내가 들어갈 수 있는 공간이거나, 나의 예감이 이해와 싸우는 방식이거나, 어쩌면 우리가 이제 극장에서 봐야 할 것은 영화가 아니라 앞사람의 얼굴일지도 몰라, 사건을 바라보는 시도들로 관점을 찾을 수 있을까, 그 관점 속에서 형식을 찾을 수 있을까, 나는 대답할 수 없었지, 가와모토가 본 걸 나는 보지 않았으니까, 아직도 그 불확실한 화질 속을 돌아다니고 있는 걸까, 풍경은 언제나 나를 뒤로한 사람들이다.

*

아바스 키아로스타미의 「그리고 삶은 계속된다」가 이란 북부의 대지진 이후 자신의 영화에 출연했던 인물을 무작정 찾아가는 여정을, 그러니까 픽션에서 논픽션으로 가는 여정을 그린 이야기라면 「체리 향기」는 사라지려는 사람의 이야기고, 끊임없이 배회하는 이야기고, 그렇다면 이건 논픽션에서 픽션으로 가는 여정이 아닐까, 주인공이 차에서 내리는 순간은 자신의 죽음에 대해 말할 때뿐이며 마치 이동하는 동안에만 존재할 수 있는 것처럼, 차에서 내리면 그가 있을 곳은 없는 것처럼, 불행하게 사는 것도 큰 죄라고 사람이 불행하면 다른 사람을 괴롭히는 법이니까, 라며 마주치는 사람들에게 자신을 묻어주기를 간청하지만 그마저도 거절당하고 먼지가 날리는 공사 현장에 앉아 쏟아지는 흙더미를 바라보며 주인공은 무슨 생각을 했을까, 그런 게 궁금하기도 했다고, 부재한 이유가 그의 얼굴을 덮어줄 수 있을까, 그가 시체로 발견될지 아니면 다음 날 아침 눈을 떠 집으로 돌아갈지는 중요하지 않고 오로지 이동만이 대답해야 한다, 영화에서 중요한 것은 이동 그 자체이며, 어딘가로 가고 있다는 감각만이 중요한 것 같아, 키아로스타미 영화에서 차를 탄다는 것, 이동한다는 것에 대해 써보고 싶다고, 그러기 위해선 모하마드 하타미의 자서전을 읽거나 테헤란의 도로교통법을 알아야 할 것 같다고, 커피는 너무 뜨겁거나 금방 식어버린다고, 나에게 맞는 온도 따윈 존재하지 않는 것 같아, 커피를 마시면 꿈이 옅어져서 싫어, 꿈 같은 거 이젠 안 꾼다

며? 묻자 가와모토는 안 꾸지, 그래서 싫어, 말해놓곤 내 커
피를 다 마셨지만 가와모토가 밉지 않았고, 하나도 안 미워
서 널 죽여야겠어 가와모토, 그랬더니, 좋은데, 좋은 생각 같
아, 이랬다. 또 당구장에 갈 거야? 또라니? 물론 가야지, 당구
도 모르면서 당구장에서 일하는 건 이상해, 나는 경마를 모
르지만 경마장에서도 일했는걸, 자동차에 대해선 모르지만
주유소에서도 일했었고, 그걸 일이라고 생각한다면 거기 있
을 수 있어, 그러니까 이상해, 그럼 넌 왜 매일 당구장에서 아
무것도 하지 않지? 나는 공 같은 걸 맞추고 싶지 않고 엇나가
고만 싶어, 당구는 거리를 확인하는 일이고, 실감하는 일이
고, 그런 걸 해본 적이 없어서 하고 싶어지지도 않는 걸까, 생
각하다가 아마도 시간보다 공간을 가늠하는 장소여서일 거
야, 말했지, 가와모토는 더 묻지 않았고 이따 그 사람이 온다
면 뭐라 얘기하면 좋을지 생각했다고, 뭐라고 말할 건데? 미
안, 말로 하긴 어려워, 뭐야 그게, 너 죽을래? 가와모토 당장
말해, 그냥 나는 길을 잃었다고 말할 생각이었지, 어제는 문
을 닫은 극장에도 갔었다고, 당신도 갔었냐고 물어볼 생각이
었지, 사라진 극장에서 내가 보고 싶은 영화에 대해 말하고
싶었어, 어떤 영화를 보고 싶은데? 오늘은 일본의 작은 마을
이 나오는 담담한 영화 같은 게 보고 싶었다고, 별다른 사건
이랄 것도 변화도 없고 있더라도 그냥 있구나 하고 아무렇지

않게 넘어가고, 이렇게 넘어가는 건가 싶다가도 갑자기 여긴 지옥이야! 하며 막 울거나, 관계 같은 걸 생각하지 않고도 누군가와 친해지거나, 너무 진심이 되거나, 이유도 없이 떠나거나, 나를 알게 된 게 너한테는 어떤 의미였는지 묻거나, 아무것도 설명하지 못거나, 지나치게 추상적이거나, 어렵게 잊히거나 어렵게 잊은 척을 하거나, 어딜 헤매다 이제 나타난 거냐고 묻거나, 너무 고통스러웠기에 그런 건 믿음이 아니라고 생각했지, 너의 우유부단함으로 스스로를 보호하기 바빴다는 걸 알아, 갑작스럽게 다시 만나서 감정 같은 걸 막 쏟거나, 그러다가도 맛있는 걸 먹고 산책을 하고 카페에서 각자 읽고 싶었던 책을 읽거나, 아무것도 해야 할 것이 없고, 보고 싶은 게 생겼다고 말만 하면 우린 그걸 보러 갈 거야, 뭔지 전혀 알 수 없는 것들 앞에서 한참을 서 있을 수도 있을 거야, 아무것도 소홀히 하지 않고 음악을 듣다 보면 우리가 음악 속에 서 있을 거고, 더 이상 늦었다는 말을 할 필요가 없을 거야, 하루 종일 책을 구경할 수도 있을 거야, 자주 가는 서점에서 책을 사면 주인이 항상 자기 꿈 얘기를 들려줬지, 그 꿈엔 내가 나오기도 했는데 내가 나온 날엔 할인을 해줬어, 고마웠어요, 꿈에서 날 도와줘서 고마워요, 하면서 할인도 해주고 호지차도 주셨어, 진열되어 있는 한트케의 책 윗부분이 조금 찢어져 있어서 내가 사고 싶었지, 난 아무것도 안 했는데 그냥 꿈인데 왜 이래, 자꾸 이러면 내가 어디 머물러야 하는지 알 수 없어지잖아, 내가 하고 싶은 게 뭔지 알 수 없어지잖아, 호지차를 호록거리며 이거 다 책에 있는 이야기죠? 물었는데 자꾸 고맙다고만 하면 어떡해요, 내가 더 고마워지잖아, 눈물 비슷한 게 날 것 같아, 담담해야 해, 우리 더욱 담담해지자, 너무 가까워지거나 멀어져도 끝까지 담담하자, 그게 뭔데, 넌 가끔 이해할 수 없는 말을 해, 미안, 상상력은 처음이라, 낯선 사람이 자꾸 말을 걸어, 죽어서 그런가 봐, 낯설지가 않은가 봐, 내가 잘못 도착했기 때문인가 봐, 그렇게 끝도 없이 잘못 가는 영화 같은 거 보고 싶다, 그러면 내가 어디 있어야 하는지 알 수 있을 것 같아, 완전 미래에 대한 이야기 같은데 가와모토, 그런가? 그냥 너 같아, 글쎄 사실 난 더 이상 어떤 영화를 볼지 고르지 않아, 재미 같은 건 중요하지도 않고 빛과 어둠 그런 것만이 필요하게 된 것 같아, 빛보다는 어둠 쪽이 더 많이, 불이 켜지지 않았으면 하고 언제나 생각했지, 그런데도 불은 항상 켜졌다.

*

「체리 향기」의 마지막은 구덩이에 누워 천천히 구름 속으로 사라지는 달을 바라보는 주인공의 모습 다음으로 화면이 밝아지며 촬영이 끝나고 키아로스타미와 함께 담배를 피우는 주인공의 모습과 카메라를 바라보며 쉬고 있는 군인들의 모습이 에필로그처럼 들어가 있는데 가와모토의 얘길 듣고 집에서 다시 한번 영화를 보니 그 장면은 없었고 바로 엔딩크레디트가 나왔다. 원래 없는 게 맞는 건지 아니면 삭제된 건지 알 수 없었지만 그 장면이 없으니 그가 다음 날 일어나서 집으로 돌아갔을지 아니면 갈 수 없을지 두 가지 가능성 사이를 저울질해보게 되지만 현장의 풍경을 보여주는 짧은 스케치가 덧붙여지는 순간 영화 전체를 포괄하는 또 하나의 가능성이 생겨나는 것 같다는 생각이 들었고, 픽션이라는 가능성, 그것은 언제든 선택해볼 수 있었지만 커튼 뒤에 가려져 보이지 않았던 문처럼 기능한다. 그렇지만 그걸 가능성이라고 말할 수 있을까, 가와모토에게 묻고 싶었지, 내가 생각할 수 있다면 그건 가능성이 아닌 것 같고, 그래도 물어볼 수만 있다면. 루마니아의 한 철학자가 했던 말이 저에게 많은 도움을 주었습니다. 자살의 가능성이 없었다면 나는 오래전에 자살했을 것입니다, 선택들이 삶을 만드는 것 같습니다. 그것이 좋은 선택인지 아닌지를 따지기보단 그것이 선택이라는 형태를 띤다는 것이 저에겐 중요한 것 같습니다. 삶은 우리에게 강요된 것이 아닙니다. 누군가 내 영화가 영혼에 관한 것, 이제는 존재하지 않는 사람들에 관한 것이라고 말한 적이 있습니다. 영화에는 물리적인 본질이란 것이 있지만, 비물리적이며 영적인 측면도 있고 우리는 어떤 캐릭터를 보지 못하지만 그들을 느낄 수 있습니다. 이것은 존재하지 않는 것들의 가능성을 보여줍니다. 할 수만 있다면 안 보이기 위해 상영하는 영화를 만들고 싶습니다. 왜냐하면 너무 많이 보여서 우리 자신을 위해 사물을 상상할 수 있는 가능성이 사라지고 있기 때문입니다. 저의 목표는 창의성과 상상력을 통해 우리 마음속에 가능한 한 많은 것을 창조할 수 있는 기회를 주는 것입니다. 나는 당신 안에 있지만 아마도 당신 안에 존재하는지조차 몰랐던 숨겨진 정보를 펼쳐보고 싶습니다. 페르시아 속담에 이런 게 있습니다. 누군가가 아주 몰두하여 무언가를 보고 있을 때 그는 두 눈을 가졌지만 두 개의 눈을 더 빌려 왔다, 제가 포착하고 싶은 것은 바로 이 빌린 두 개의 눈입니다. 그것은 그가 보고 있는 것의 밖을 볼 수 없기 때문에 빌린 눈입니다. 보기 위한 눈이라기보다 보지 못할 눈이며 그것이 거기 있다는 걸 느끼기 위한 눈입니다.°
『필름 코멘트』의 인터뷰에서 키아로스타미는 그렇게 말했고 「체리 향기」에서 낙심한 주인공이 공사 현장에 앉아 쏟아지는 흙더미를 바라보다 자기 차로 돌아왔을 때 그를 도와주기로 결심한 누군가가 같이 타지만 카메라는 그의 모습을 바로 보여주지 않은 채 목소리만을 들려준다. 사람을 돕기로 했으

면 성의를 다해 제대로 도와야 하는 거예요, 감상은 좀더 중
요한 곳에 쓰도록 하세요, 말하지 않으면 아무것도 할 수 없
을 거예요, 여기서 좌회전해주세요, 이 길은 모르는데요, 난
알아요, 돌아가는 길이지만 편하고 아름다워요. 거기에 무엇
이 있고 또 거기에 무엇이 없는지를 보기 위해 우리는 어디
에 있어야 하는지.

*

  질문보다도 명확한 답은 자기를 죽이는 거라고 명확하
기 때문에 죽음보다도 가까이 있는 거라고 말하던 가와모토
가 어느새 내게 말하길 그렇게 가만히 있으면 공간과 분리가
안 된다고, 마치 그거 같아, 그걸 뭐라 그러지, 희미하고 투
명한 그러면서 전부인, 뭔데 그게? 그런 게 있어, 그게 너였
어, 가와모토는 뭘 찾으러 돌아다녔는지 절대 말하지 않았
고 내가 뭘 기다리고 있는지 절대 말하지 않는 것처럼, 묻기
도 했었지, 대답 없이도 있을 수 있었으니까, 왜 이렇게 늦었
어? 어차피 손님도 아무도 없는데 뭐, 극장 밖으로 나오던 가
세 료와 마주쳤다고, 당신이 나온 영화를 보러 오셨나요? 물
으니 아니라고 쓸데없이 너무 기네요, 영화를 말하는 건가
요? 아니요, 삶을 말한 거예요, 그는 절망적일 정도로 자유가

많은 사람 같았지, 그 절망으로 많은 걸 바꿀 수도 있을 것 같았고, 나에게 없는 건 시간도 돈도 마음도 아니야, 근데 왜 난 아무것도 할 수 없지? 질문 같은 걸 했었나, 어쩌면 절망은 우릴 여유롭게 해줄지도 몰라, 그는 로버트 알드리치가 1950년대에 만들었던 서부 영화의 리메이크작에 출연할 생각이라고, 요즘은 워런 오츠의 연기를 유심히 다시 보고 있어요, 그는 자기가 알기 위해 노력했던 무언가를 이미 알고 있는 사람 같다고 「닭싸움꾼」을 극장에서 볼 날만을 기다리고 있다고 조만간 몬티 헬먼을 만나러 캘리포니아에 가야 할지도 모르겠어요, 자기가 그의 필름을 사고 싶다고 주유소 옆의 낡은 레스토랑에서 미시시피 존 허트를 들으며 찰스 포티스의 서부 소설을 읽고 있으니 여기가 아칸소인 것만 같네요, 어쩌면 그곳이 제 고향인지도 모르겠어요, 이젠 고향으로 돌아가야겠어요, 정말이야? 정말 가세 료와 있었어? 반쯤은 사실이야, 왜냐면 내가 생각했으니까, 우린 가야 할 곳이 있어, 가와모토, 넌 언제나 가야 할 곳이 있는 사람 같아, 시나가와에서 기타가마쿠라 방향으로 가는 요코스카 열차를 타고 기타가마쿠라 역 근처의 엔가쿠지 사원에 도착해서 우측의 언덕을 올라가게 되면 큰 공동묘지를 발견하게 될 거야, 거기에 뭐가 있는데? 아버지의 시체를 찾으러 왔던 사람이 찾고 있었던 것, 그게 거기 있을지도 몰라, 생각해보니 작년 이맘때쯤 비슷한 걸 찾던 사람이 있었어, 그 사람도 같은 질문을 했었지, 그 사람은 죽었거나 아직 찾고 있을 거야 내가 잊고 있었으니까, 너도 보지 않았었나? 작년이면 여기 없었을 텐데, 그런가? 근데 그런 게 뭐가 중요해, 넌 언제나 여기 있었던 것만 같아, 시간보다도 먼저, 핵심에 다가가기 위해선 핵심을 알아야 하는데 핵심만으론 설명되지 않는 것들이 있어, 그럴 땐 그 안으로 들어가야 해, 자주 가던 곳들이 자꾸만 없어져서 나도 없어지는 걸까, 왜곡된 건 시간이었을까 나였을까, 생각하다가 그 사람이 찾고 있던 게 내가 잃어버린 것과 같은 게 아닐까 싶어서 이젠 찾아보려고 해, 모름을 확인하기 위해서 가는 거라고, 모르니까 느낄 수 있는 유대 그런 게 있는 것 같다고, 거긴 의문 위에 세워진 집이기 때문에 대답은 그걸 무너뜨리게 될 거야, 그렇기에 더욱더 우린 몰라야 하고 더욱 확고하게 모르기 위해서라도 내가 거기 있어야 해, 가본 적도 없지만 누군가 날 기억해줄 것만 같아, 가와모토 너의 진심이 자꾸만 잘못된 문장을 만드는 것 같았지, 그래서 이젠 잘못된 문장들만이 가야 할 길을 알려주네, 당장은 뭔가 먹어야 할 것 같은데 더 많은 것을 믿을 수 있게, 오즈의 영화 속에 나오는 바 같은 데서 꼬치구이에 센노유메를 마시고 싶어, 괜찮을 거 같은데 잘 상상해볼 수 있겠어? 믿어봐, 생각해봐, 나는 눈을 감았다. 여긴 어디지? 당구장, 확실해? 네가 보고 있는 게 뭐지? 질문들, 다시 대답해봐, 여긴 어딘지, 네가 생각하는 여긴 어딘지, 당구장, 네가 거기에 있길 원해? 아니, 그럼 여긴 어디지? 여기는 사람이 별로 없는 작은 가게야, 주인이 꼬치를 굽고 있어, 오래된 라디오 같은 게 있어, 아직도 저런 게 있구나, 장식이겠지 했는데 아닌 것 같아, 누군가 세븐스타를 피우고 있어, 맥주를 마시며 작은 텔레비전에서 나오는 야구 경기를 보고 있어, 거기에 나도 있어? 응, 난 뭘 하고 있는데, 방금 내 접시에 대파꼬치를 줬어, 노릇노릇하게 잘 익은 파야, 센노유메는? 센노유메도 있지, 좋네 좋아, 잘 들어, 시간을 거스르자는 게 아니야 시간을 잊는 거야, 다시 생각해봐, 지금 여긴 어디지? 대답하지 않고 천천히 눈을 뜨니 세븐스타를 피우며 맥주를 마시는 남자가 있었고 작은 텔레비전에서는 야구 경기 소리가 흘러나오고 가와모토가 접시에 금방 나온 대파꼬치를 주며 날 바라보고 있었다. 어떻게 된 건지 난 잘 모르겠어, 가와모토. 걱정 마, 모를 일은 앞으로 더 많을 거야, 존재에 대한 반론 같은 거야? 뭐 비슷하지, 더 많은 질문을 던져도 괜찮아, 내가 그 안에서 중심을 발견해볼 테니까, 가와모토는 말했고 다음날 당구장 앞의 하천에서 오쿠하라의 시체가 발견되었다.

＊

　네가 스물아홉 살이었다는 게 꿈만 같아, 난 아직 스물
일곱 살이야, 그러니까 가와모토, 스물아홉 살의 널 본 것 같
아, 한 2년 만에 눈을 뜬 게 아닐까 싶었지만 그렇기엔 너무
아무렇지도 않았고, 너 말고 누구도 다신 나를 찾지 않을 거
란 생각만이 확고하게 날 붙잡아주는 것 같아, 무언가를 간
직하기 위해 너무 많은 시간을 보낸 건 아닐까, 그래서 잃은
건 시간보다도 내가 아니었을까, 질문하다 보면 대답을 들
을 수 있을 거라기보단 이게 질문이라는 걸 잊어버릴 수 있
을 것 같아서, 나라는 게 사라질 수도 있을 것 같고, 움직이지
않으면 시간도 흐르지 않고 아무 일도 생기지 않을 것 같아
서 가만히 있고만 싶었지, 사물이 이름이 되는 순간까지 기
다릴 수 있어야 해, 가고 싶은 곳이 전혀 없어서 하는 여행은
다른 것을 가져다줄지도 모르겠다는 생각에 기대와는 다를
지도 몰라 애초에 기대 같은 건 없으니까, 이젠 다 그만두고
떠나야만 한다는 가와모토의 말을 들으며 넌 언제나 가야 할
곳이 있는 것 같고, 난 언제나 여기 있었던 것만 같아, 그 사
실이 우릴 같이 있게 해주는 걸까, 아니면 멀어지게 만드는
걸까, 오늘은 누군가가 당구장에 와서 가와모토에게 발견된
시체에 대해 아는 것이 있는지 묻다가 모르는 사람을 도와준

적이 있는지 묻기도 했다고, 도와준다는 게 무슨 뜻이죠? 모든 사람은 모르는 사람이라고 그렇게 되는 것 같다고, 해서는 안 되는 약속을 하신 적이 있나요? 물으니 가와모토는 한 번도 시계 같은 건 가져본 적도 없고 앞으로도 가질 생각이 없다고 했다. 약속이라고 다를까요? 그런 것도 약속이 되나요? 왜 그런 걸 물어보시죠? 기자인가요? 아뇨, 전 그냥 관광객인데요. 근데 왜 자꾸 물어보시죠? 질문은 모두에게 평등해야 하는 거 아닌가요? 그저 발견된 시체에 대해 알고 싶었다고 자기 생각에 그건 오쿠하라인 것 같다고 그게 누구죠? 저도 잘 몰라요, 그렇지만 그는 영화를 찍으려 했다고, 그게 원인이 되었다고 생각하시나요? 원인이라기보단 그건 그가 만들어낸 영화의 시체 같다고, 낯선 시선으로 바라본다는 것 자체가 원인을 만들어내는 것 같다고, 발견에는 어떤 책임이 있는 것 같다는 생각에 여기까지 왔다고, 그는 스스로에 대한 영화를 만든 것 같다고 주인공도 자신이고 각본도 연출도 촬영도 질문도 대답도 미스터리도 기승전결도 형식도 한계도 관객도 모두 자신인, 그런 게 가능하고 싶었던 게 아닐까 싶어요, 야콥슨을 읽어보셨나요? 그럼 제 말을 이해하실 거라고 생각합니다. 아니요, 저는 오쿠하라도 아니고 그의 자식도 아니며 시체도 아닙니다. 야콥슨 같은 건 읽지도 않았어요, 그렇다면 오쿠하라는 나인 걸까? 내가 그의 자식이거나 시체인 걸까, 생각하다가 2009년까지밖에 살지 못했기에 우린 친구라는 생각이 들고, 발견된 시체가 자꾸만 질문들을 만들어내는 것 같아, 그 질문들 때문에 여긴 장소로서의 기능을 상실한 것 같아, 기억들 대신 시체만이 선명하게 떠오르네, 내가 아무것도 기억하지 못하기 때문일까, 난 인생은 알 수 없는 것이라는 그따위 말을 하지 않기 위해 노력하고 있었다. 인생은 알 수 없는 것이지, 가와모토를 보며 내가 말했다. 대답들은 평등했는가?

*

기타가마쿠라역에 서서 가와모토를 기다리고 있었는데 누군가가 차를 세우고 아버지의 시체가 여기 있다고 들었는데 아시나요? 하고 물었다. 아버지의 이름이 오쿠하라인가요? 하고 묻자 그는 긍정도 부정도 하지 않은 채 옆 좌석 문을 열어주었고, 뭔가를 찾고 있다는 사람이 오면 같이 가면 돼 그게 나니까, 말하던 가와모토가 생각나서 옆자리에 앉았을 때, 누군가 나를 지나가고 있는 것 같아, 나도 모르는 나를 자꾸 지나가, 어디로 가는 줄도 모르고 잠이 쏟아졌다. 이거 「트윈 픽스」OST인가요? 잠결에도 나는 묻다가 내 몸은 아직 극장에 있다는 사실을 깨닫고 또 잠이 들었구나, 생각하

다가 전에 영화를 보다가 졸지 않는 방법에 대해 물었을 때
가와모토가 써준 것을 다시 들여다보았다.

1. 스크린에 펼쳐지는 게 너의 과거라고 생각해봐.
2. 눈을 감았다 뜨면 혼자 남게 된다고 생각해봐(넌 지
   금 중학생일지도 몰라).
3. 스스로를 우편배달부라고 생각해볼 것.
4. 삶을 믿지 말 것.
4. 크리스 마커는 1921년 7월 29일에 태어나 2012년
   7월 29일에 죽었다.
4. 이따 오코노미야키 먹을까?!

이게 뭐야 가와모토, 그저 누군가 운전하고 있는 차를
타고 가고 있는 거라고, 뭘 하러 가는 건지도 모른 채 어디
론가 가고 있구나, 그런 생각만으로도 많은 것이 달라질 수
도 있고, 삶을 사는 방향과 꿈에서 깨어나려는 방향이 같아
야 한다고, 같아질 수 있다고, 겹쳐질 바에야 사라지는 편이
낫지만 그렇게 겹쳐지는, 경험될 바에야 잊히는 편이 좋지만
그렇게 경험되는, 새로울 바에야 흔적조차 없어지는 편이 옳
지만 언제나 새로워지는 흐름 속에 머무는 것뿐이야, 우리에
게 정말 부족한 건 시간일까, 기억일까, 부족함은 재능인 걸

까, 가와모토, 난 하나도 모르겠어, 아마 우리가 이동 중이어서 이해할 수 없는 걸 거야, 다 이해할 수 없는 이야기지, 그래서 할 수 있는 이야기야, 너무 짧은 질문에 길고 긴 대답 혹은 너무 긴 질문에 짧은 대답 어느 쪽이든 너는 없고, 내가 입을 열고 말을 하면 할수록 세상이 더러워져, 그래서 가장 좋은 단어를 찾았지, 심야 영화가 끝나고 배가 고파 들른 패밀리 레스토랑에서 직원은 잠들어 있었고, 우리는 말없이 앉아 잠든 그를 잠시 바라보다가 밖으로 나와 거리를 걷다가 질문들은 어디서 시작하는 걸까, 질문을 해야 시작이 생기는 걸까, 난 그저 질문들이 머물다 가는 장소 같은 거였으면 좋겠어, 그럴 수 없다는 게 가끔은 끔찍하게 느껴져, 고백하기도 했고, 근데 왜 식당 직원을 깨우지 않았는지 물어보니 가와모토는 대답했지, 그게 어떤 종류의 잠인지 알 수 없었으니까, 우리는 그저 그가 꾸고 있는 꿈일 수도 있으니까, 네가 지금 잠들어 있는 것처럼, 이젠 목격의 감각만이 중요해지고 있네. 우리가 다섯 번인가 여섯 번쯤 만났을 때, 같이 뭔가 할 수 있을지도 모르겠다고 생각했고 그게 뭔지는 모르겠지만 우리가 생각하는 것들, 어쩌면 생각 밖의 것들까지도, 나는 우리가 몇 번쯤 더 볼 수 있을 거라고 생각했던 것 같다. 다섯 번쯤 어쩌면 여섯 번쯤 그러면서 더 알아갈 수도 있고, 알아가지 않더라도 그냥 볼 수도 있을 거라고, 어쩌면 그런 걸 전혀 의식하지 않고 계속 볼 수도 있을 것만 같았다. 네가 날 계속 보고 있어서 내 생각까지 대신 해주고 있는 것만 같았지, 가와모토 난 지금 네 비밀 안에 숨어 있어, 너무 단순한 문제라서 해결할 수 없을지도 몰라, 해결이란 걸 믿지 않게 된 지 오래야, 나는 극복이라는 단어가 잘못되었다고 생각해, 도착 다음으로 온 시도들은 잊힐 뿐이고, 우리는 떠나려고 했던 걸까, 도착하려 했던 걸까, 어디서 끝내야 하는지 알 수만 있다면, 우리가 어디서 내려야 하는지 알 수만 있다면, 새로 시작할 수도 있을 텐데, 그런 게 시작이 될 텐데, 알 수가 없어서 어떤 단어들은 피하고만 싶었지, 어떤 단어보다도 선명한 기억들이 있잖아 그걸 펴서 몸에 발라보라고, 또 자고 있는 거야? 저것 좀 봐, 만약 가와모토가 그렇게 말하며 내 팔을 잡으면 나는 웃으며 하지 말라고 말했을 것이고, 내 얼굴을 보며 미소를 지으면 거기 뭐가 있느냐고 되물었을 것이다. 가와모토가 그렇게 말했더라면 거기 있었더라면, 상상할 수 있는 이야기고 그래서 가능한 이야기지. 운전석의 누군가가 나를 불러서 눈을 떴을 땐 이 모든 게 잠결 같아서 가와모토, 이미 과거가 된 널 본 것 같아, 덕분에 잘 찾았어요, 방금 연락을 받았어요, 도와줘서 고마웠어요, 누가 누굴 도와주고 있는 건지 나는 그저 얘기를 듣다가 잠이 든 것밖에 없는데 두 번 꾼 꿈은 모두 같은 곳으로 가나요? 묻다가 그 질문이 날 이곳에 데려다 놓은 것 같았고, 소설을 쓰고 영화를 만들면 사람들과 친해질 수 있나요? 가까워질 수 있나요? 물어보기도 했었지, 멀어질 수는 있지요. 도착이라는 낡은 개념이 잊히고 나면 거기가 시작이 될 거예요, 차에서 내리자 그가 말했다. I am already everything. 네가 그렇게 믿는다면 이건 내 시작이 될 거야, 그게 대답이란 걸 알게 될 거야, 엔가쿠지 사원 앞에 서서, 이건 너의 농담인 걸까? 이게 농담인 줄 아는 건 나뿐이었고, 이게 네가 존재하는 방식이라는 걸 아는 사람도 나뿐이라서 나 같은 게 너무 싫고, 이게 너의 유서라는 걸 아는 사람이 나뿐이라는 게, 나중에 영화를 만들었다는 오쿠하라에 대해 찾아보다가 그가 쓴 영화 소개 글을 발견했다.

아침이 되어 나는 당구대 위에서 눈을 떴다. 몸을 일으켜 그 낡은 당구장 실내를 둘러보았다. 친구들은 어디론가 가고 없고 그곳에는 아무도 없었다. 그리고 나는 그들이 두 번 다시 돌아오지 않을 것임을 알고 있었다. 아주 조용했고, 이상하게도 나는 마음이 놓였다. 그동안 많은 일이 있었고, 내가 먼발치에서 바라보고 있는 동안 한 사람이 죽었다. 나이 차이가 많이 나는 그 남자는 무척 자상한 사람이었다. 흡족하다고 하기엔 거리가 먼 인생이었지만 그래도 결코 나쁜 죽음은 아니었다. 앉으면 엉덩이가 빠질 것 같은 가게 소파 위에서 남자가 자면서 죽어가고 있을 때, 그의 곁에서 젊은 친구가 피아노를 치고 있었다. 그 이외에도 누군가를 위해 연주된 음악은 많이 있었다. 한 사람이 다른 한 사람을 위해 기타를 친 적도 있었고, 세 명이 서로를 위해 즉흥적으로 연주한 적도 있었다. 그들이 연주한 음악의 느낌은 그것이 마치 그들이 존재했던 증거인 것처럼, 지금도 그 언저리에 서로 겹치면서 남겨져 있었다. 간유리 저 너머에서 부드러운 햇살이 들어왔다. 나는 그 빛을 마음에 간직하려고 했다. 그리고 나는 영화를 만들기로 했다. 그들은 실재의 인간이 아니었고, 들리던 음악도, 내가 느꼈던 빛도 모두 내 안에만 존재하던 것이지만, 영화를 만들면 어쩌면 그것을 본 누군가에게 전해질지도 모른다고 생각했기 때문이다.°° 이게 내가 찾던 오쿠하라일까, 그가 만든 「타임리스 멜로디」는 일본에서 2000년 3월 18일 토요일에 개봉하였고, 한국에서는 2001년 11월 10일 토요일에 개봉하였으며 2006년 8월 19일 토요일엔 EBS 〈세계의 명화〉에서 방영되기도 했다. 눈을 감으면 자꾸만 가와모토가 말했지, 누가 보이는지 말해주겠어? 듣기만 하다가 사라져버리는 그런 사람은 되지 말라고 약속 같은 걸 하기도 했고, 그랬었나 뭐가 보이는지 말해주겠어? 이것은 그저 은유를 환생시키는 내 나름의 방식 같다고, 너의 시간

과 나의 시간이 똑같이 흘러가는 게 맞는지 묻고 묻다가, 가
와모토 너무 많은 발견 때문에 깨달음에서 더욱 멀어지는 것
같아, 아무것도 얻지 못하는 것 같아, 그리고 다음 질문, 오쿠
하라의 시체는 여기저기서 자꾸만 발견되었다. 모든 시체의
이름이 오쿠하라라는 게 이제 더는 이상하지 않고 나는 내가
본 적 없는 영화들 속에서 살고 있으니까.

*

　빔 벤더스가 1985년에 발표한 다큐멘터리 「도쿄가」는
1963년 세상을 떠난 오즈 야스지로의 삶을, 영화 속 그의 흔
적과 주변을 맴도는 이야기로 영화 속에서 그는 말한다. 이 도
쿄행은 순례의 길이 아니며 작품 속에 당대의 흔적이 여전히
남아 있는지, 그 이미지나 사람들이 여전한지, 오즈 사후 20
년 동안 도쿄가 너무 변해 아무것도 찾을 수 없는지, 궁금했
을 따름이라고, 그는 오즈의 영화 속에서 함께 늙어간 류 치
슈와 함께 엔가쿠지 사원을 방문하기도 한다. 오즈의 묘비에
는 이름도 없이 단지 '無'라 새겨져 있다. 비었고 없다는 뜻이
다. 기억날 만한 게 없다. 도무지 기억나지 않는다. 도쿄에 있
었다는 건 안다. 1983년 봄이었다는 것도. 카메라를 들고 다
니며 장면들을 찍었다. 지금 있는 영상들이 내 기억이 되었

다. 하지만 생각은 나지 않고 카메라 없이 다녔다면 더 잘 기억했을 것이다. 일본으로 가는 비행기 안에서 소리도 들리지 않는 조악한 기내 영화를 바라보며 벤더스는 말한다. 이런 식의 영화가 가능했으면 하고 생각했다. 뭘 입증하지 않고 눈을 떠서 보는 것만으로 부족함이 없는.

부산에서 빔 벤더스의 영화와 키아로스타미의 영화를 봤을 때, 그럴 리 없겠지만 가와모토가 어딘가 앉아 있는 것 같아서 이쪽으로 올 것 같아서 영화가 끝나고도 한참을 가만히 있었다. 가와모토가 쓰고 싶다고 했던 키아로스타미의 글을 읽고 싶기도 했지, 가세 료가 나오는 키아로스타미의 영화를 보고 나니, 거기서 고향에서 온 할머니를 차마 만날 수 없는 아키코가 택시를 타고 동상 주변을 지나치며 택시 기사에게 한 바퀴만 더 이곳을 돌아달라고 부탁하는 장면을 보고 나니 더욱 그런 생각이 들었고, 동상 밑에서 자기를 기다리고 있는 할머니를 멀리서 바라보며 그냥 지나칠 수밖에 없을 때, 아키코는 무슨 생각을 했을까, 그런 게 궁금하기도 했었지, 서울아트시네마에서 오다 가오리의 영화를 볼 때도 어째선지 네가 서울에 있을지도 모르겠다는 생각이 들어서 영화가 시작되기 전까지 들어오는 사람들을, 극장에 앉아 있는 사람들을 둘러보았다. 그러다 정말 가와모토가 있으면 어떻게 해야 하지, 무슨 말을 해야 하지, 생각하다가 영화는 시작되었다. 네가 나타난다면 보자마자 난 말해야지, 가와모토 널 죽일 거야, 그럼 아무렇지도 않은 듯 너는, 좋은데, 좋은 생각 같아, 고개를 끄덕일 것 같고, 오다 가오리의 다른 영화를 찾아보다가 「다정함을 향해」를 보고 좋았던 부분을 적어봤다고 생각했는데 찾아보니 어디에도 없었다. 처음엔 나에 대해 말하고 싶어서 이해받고 싶어서 영화를 찍었는데 그렇게 한 편을 찍고 나니 더는 뭘 찍을 수 있을지 알 수가 없어졌고 카메라를 들고 보스니아를 돌아다니며 결국 내가 찍고 싶은 건 사람인 것 같다, 사람을 찍고 싶다, 누군가를 이해하고 싶다, 누군가를 이해하려는 노력은 결국 스스로 이해받으려는 노력과도 같고 이해하려는 사람만이 이해받을 수도 있을 것이다, 대충 그런 식의 얘기였던 것 같은데 뭘 찍었는지보다 뭘 찍을 수 없었는지를 말해주는 것이 좋았던 것 같아, 그래도 이걸 보고 있는 동안 우린 같은 곳에 있는 거야, 우리는 각자의 픽션 속에서 눈을 맞췄고, 나를 알게 된 게 너한테는 어떤 의미였는지 나와 대화하는 게 너는 어땠었는지 내가 느끼고 있었던 걸 너도 느꼈을까, 느낌 같은 게 뭐가 중요해, 나는 아직도 내가 해야 할 일들 속에 있어, 해야 할 기억들이 있어, 기억 밖으로 나가기 위해선 기억이 필요하다는 게 이상하게 느껴져, 우리의 끝이 우리를 만드는 거냐고, 눈을 감으면 내가 시간을 거스를 수 있을까 봐 두려워, 내가 기억이 될까 봐, 누군가가 아끼는 기억이 될까 봐, 거기엔 뭐가 보이는지 말해줄래? 물으면 가야 할 곳이 있어,라고 대답할 네가 가야 할 곳이 있어서 가는 게 아니야, 말하는 네가 이젠 영화 속 이름으로 날 불러줘,라고 했던 가와모토의 이름은 정말 가와모토였을까 뒤늦게 궁금해지기도 했고, 난 그걸 우리,라고 불렀다. 난 그걸 과거,라고 불렀다. 네가 그렇게 말해주지 않았나, 표면보다는 정신을 추구해야 한다고. 그리고 오늘은 난 그걸 지금,이라고 이름 부르기로 했지. 이제는 바라봐야 할 불확실한 화질 속의 오늘의 내가 더욱 힘겨워질 지금을 말하기로.

○   『필름 코멘트』의 인터뷰 내용을 변형해 인용.
     (www.filmcomment.com/article/with-borrowed-eyes-an-
     interview-with-abbas-kiarostami)

○○   「[리뷰] 타임리스 멜로디」,『중앙일보』2002년 1월 31일 자. (https://
     www.joongang.co.kr/article/1041213#home)

토요일의 영화는 모두를 위한 것이다

1951년 4월 20일 「영원과 욕설에 대한 논고」가 미완성 상태로 칸영화제에서 처음 공개되었을 때의 반응은 그야말로 재앙이었다. 원래 네 시간 30분이었던 상영 시간의 절반은커녕 한 시간도 틀지 못한 채 관객석에서 욕설과 비난이 쏟아졌고 결국 경찰들이 투입되어 난동을 부린 몇몇 이들이 체포되었으며 이런 반응은 이후 어느 곳에서든 마찬가지였다. 영화가 논란이 되어 추방당할 것을 두려워한 이시도르 이주는 영화제 기간 동안 모습을 보이지 않았고 (그는 루이스 부뉴엘의 교훈을 마음에 새기고 있었다) 나중에야 관객들의 질타에 대해 이것은 영화라기보다는 영화에 맞선 반란이며 불일치를 통해 영화에서 무엇이 잘못되어가고 있는 것인지, 그렇다면 영화란 무엇으로 구성되어야 하는지 생각해보고 싶었다, 관객들의 요구를 만족시키기보다 분열의 이미지가 나온 것에 더 만족한다, 한 편의 영화가 셀 수 없이 많은 가능성을 안고 있는 가치 체계를 판단하고 보여줄 수는 없다, 시인은 단어를 확장합니다, 그렇기에 이미지는 불일치를 통해 세계를 오염시키고 확장시켜야 합니다,라고 얘기했다.

Principle

밴쿠버에 가기 전 그는 나를 봐야겠다고 비가 오는 날이었고, 그를 만나기 불과 몇 분 전만 해도 날씨가 화창했는데 갑자기 쏟아진 폭우로 우리의 신발과 바지는 아주 잠깐 사이에 전부 젖었으며 산책하던 그 많은 사람은 다 어디로 갔을까요? 물었지만 내 목소리는 빗소리에 묻혀 아무에게도 들리지 않았고 심지어 나에게조차도, 우린 만날 때마다 비가 오네요, 그만큼 제가 보고 싶어 했던 걸까요, 묻진 않았고 머릿속으로 사라진 사람들을 생각하다가 사라졌다는 건 믿음의 문제고 믿음이 사라져도 내가 그렇게 생각할 수 있을까? 내가 여기 있을 수 있을까? 우선 뭐라도 먹는 게 좋지 않을까? 생각하다 나는 그가 앉아서 밥을 먹는 모습을, 밥이든 뭐든 식사를 하는 꼴을 단 한 번도 본적이 없었는데 식사는 걸으면서 해야 하는 거라고 언젠가 그가 했던 말이 떠올라 도대체 왜죠? 묻기도 했었지, 우리는 걷고 있고 먹으면서도 걸을 수 있으니까 그게 바로 밸런스죠, 치우치면 잊어선 안 되는 걸 잊어버리게 될 거라고, 그런 게 두려우신가요? 아뇨, 두렵다기보다는 끔찍해요, 다행히도 과거를 되돌려놓을 수 있는 사람은 아무도 없네요, 그런 게 밸런스고 그래서 우린 먹는 동안에도 걷는 걸 잊어서는 안 된다고, 사람들은 흐르고 어떤 정신처럼, 모르는 사람들의 호의, 어디로든 갈 수 있다는 감각, 모두가 잊어버린(혹은 잊고 있는) 장소들과의 대화, 사실 그런 게 우릴 작동하게 하지 않느냐고, 난 그와 대화를 할 때마다 대체 어떻게 이렇게 많은 책과 영화 들을 볼 수 있는지, 인간이 맞긴 한지, 평소 그가 언급한 영화나 책을 챙겨보려 애썼지만 만날 때마다 봐야 할 목록은 늘어만 갔고 우리가 같은 시간을 살고 있는 게 맞는지, 그의 시간은 어떻게 흐르고 있는지, 삶을 포기하기로 작정한 건 아닌지, 궁금했는데 얘기를 듣다 보니 알 만하다는 생각이 들었고 그는 어릴 적부터 누려온 문화적 혜택이 축복인지 저주인지 잘 구분이 가질 않는다며 오늘은 저주 같다고, 그래서였을까, 카페 안의 사람들은 아무도 젖지 않았고 우리만 생쥐 꼴이네요, 이게 어떻게 된 거죠? 인류가 우리에게 무슨 일을 저지르고 있는 거죠? 그는 어서 펄펄 끓는 뜨겁고 진한 커피를 들이붓고 싶다 해놓고 막상 뜨거운 커피가 나오자 잘 마시지 못했다. 펠론파 평전 때문인가요? 그게 누구죠? 누구라뇨? 마티 펠론파, 핀란드의 영화배우이자 보헤미안, 그에 대한 평전을 쓰겠다고 하지 않았나요? 물으니 자기는 평전 같은 건 쓸 수 없는 사람이라고 이제 더 이상 글을 발표하지 않을 거라고 만약 해야 한다면 낭독한 뒤 음성 파일 형식으로 공개하고 싶다고, 그 말은 이상하게 들렸는데 그는 한 번도 지면에 글을 발표한 적이 없었기 때문이었다. 평전은 모르겠지만 그처럼 살아볼 순 있지요, 그러려면 곧 죽어야겠어요, 말하는 그에게 왜 그러는 거냐고 도대체 뭐가 문제냐고 물으니 모든 것이 문제고 문제가 아닌 건 아무것도 없어요, 요아킴 트리에르와 라르스 본트리르가 친척인 걸 알았냐고 문제란 건 그런 거죠 그럴 때마다 어쩌면 좋을지 모르겠어요, 그게 무슨 상관이죠? 무슨 상관이라뇨? 전 큰 문제라는 생각이 드는데요, 선택하세요, 라르스 본트리르와 요아킴 트리에르 둘 중 누구죠? 뭐가 누구냐는 거죠? 어서 선택해보세요, 요아킴 트리에르? 다행이네요 악몽을 꿀 뻔했어요, 그는 예전에 영화제에서 라르스 본트리르의 「에피데믹」을 보다 잠들었는데 그 후 한동안 가위에 눌려 살이 7킬로그램이나 빠져 맞는 옷이 없어 고생했다고 그때부터 라르스 본트리르 같은 건 거들떠보지도 않는다고 했다. 이번 밴쿠버 영화제에 요아킴 트리에르의 신작이 상영되는데 알고 있나요? 나는 몰랐다고 그걸 보러 가시는 건가요? 묻자 그는 아니라고 자긴 영화제 같은 곳엔 더 이상 가고 싶지 않다며 자조 섞인 웃음을 보였다. 보고 싶으신가요? 묻기에 궁금하다고 했지만 사실 나는 아까부터 그가 말한 음성 파일로 글을 발표하는 것에 대해 생각하고 있었고, 더 정확히는 책이 아닌 다른 형태로 자신의 글을 발표했던 사람이 누구였는지, 머무를 수 있는 소설, 누구나 들어와서 읽을 수 있는 공간, 텍스트라는 장소, 그러나 꼭 읽을 필요는 없다 그저 걸어도 좋다, 걷는 것은 읽는 일이다, 나는 텍스트 안을 걷게 하고 싶다,라고 말한 작가가 누구였는지, 기억나지 않는 이름은 이젠 더 이상 들어갈 수 없는 방 같고 이젠 머무를 수 없는, 열쇠를 잃어버린, 누군가에게 들은 얘기라면 이런 얘길 내게 해줄 만한 사람은 아무리 생각해봐도 그밖에 없었기에 도대체 그 작가가 누구냐고 물으니 모르겠다고, 이시도르가 비슷한 얘길 했던 것 같은데 아닌 것 같다고, 이시도르? 그가 이시도르 이주에 대해 말했을 때, 순간 그것이 무엇을 의미하는지 몰랐고 내가 머물렀지만 이제는 잊어버린 도시의 이름이거나 장소들이 잘못 기억한 내 모습이거나, 잊어버린 이름은 모두 그렇게 들리죠, 이시도르 이주는 아직 번역되거나 제대로 소개된 적이 없었고, 자기는 이시도르 이주가 죽은 날에 태어났는데 이게 무슨 의미인지 알겠어요? 난 모르겠다고 했다. 그럼 나를 이시도르라고 부를래요? 아니요. 그는 잠시 눈을 감더니 이러고 있으니 벌써 밴쿠버인 것 같다고 거긴 불면의 도시고 나를 닮은 곳 같다고, 잠을 많이 자두어야겠어요, 밴쿠버 말인가요? 거기선 아무도 꿈을 꿀 필요가 없고 그저 걷는 것만으로 충분하니까요, 새로 산 코트처럼 악몽을 입고 벗을 수 있다고, 어디서든 관광객이 될 수만 있다면 장소 같은 게 뭐가 중요할까요, 그러니 조심하세요, 뭘요? 관광객이요? 그는 고개를 저었고 이제 자기 말을 이해할 수 있는 사람은 나 말곤 아무도 없는 것 같다고 그래서 가는 거라고, 거기서도 우연히 마주치길 바랄게요, 근데 알아들을 수 없는 말이 전 좋은데요, 한 번도 만난 적 없는 장소들이 나를 가지고 있다는 게, 가능성이라 생각했던 것들이 한계로만 보이고 내가 어디 서 있느냐에 따라 그렇게 된다는 게, 우연한 만남이 진정한 만남이며 그것은 언제나 뒤늦은 만남이고 날 부수고 들어온 사람들, 그들은 날 닮은 곳이다. 사실 저는 이혼 중이에요, 처음 듣는 얘긴데요? 결혼하셨는지도 몰랐어요, 결혼했다고 할 순 없어요, 결혼을 안 했는데 어떻게 이혼할 수 있나요? 그런 게 중요한가요? 전 잘 모르겠네요, 아무튼 그것 때문에 가시는 건가요? 결혼을 안 했는데 이혼을 하는 것도, 그 먼 곳을 가는 이유가 누군가와 관계를 끊기 위해서라는 것도 다 이상하게 느껴지네요, 누군가와 멀어지기 위해 멀리까지 간다는 게요, 내가 말하자 꼭 그것 때문만은 아니라고, 그는 먼 나라로 가는 비행기 안에서 책을 읽는 걸 좋아한다고 멀면 멀수록 잘 읽히는 것 같다고, 이젠 어딘가로 가기 위해 비행기를 타는 건지 그저 책을 읽기 위해 타는 건지 잘 구분이 가지 않는다고, 다른 언어로 가는 길이라서 그런 것 같아요, 근데 어느 쪽이든 상관없지 않을까요? 여기서 멀어질 수만 있다면, 어떤 책을 가져가느냐에 따라 장소에 대한 인상은 달라지고 그래서 책을 고르는 일은 중요하다고, 이야기가 있는 삶, 그런 게 갈수록 끔찍해요, 그래서 그걸 지우기 위해 가는 거라고, 가고 싶다고, 듣다 보니 그는 이동하기 위해서만 사는 것 같고 이동을 제외한 삶은 존재하지 않으며 그것만이 목적인 사람처럼, 부재는 결국 존재를 강화하기 위함일까, 아니 그 반대지, 아무도 날 만난 적이 없어도 괜찮아, 그 생각이 우리의 유대를 강화시켜줄 테니까, 나중에 이시도르 이주를 번역해주시면 안 되나요? 그가 남긴 건 책이라기보다는 어떤 정신이죠, 그리고 전 프랑스어를 할 줄 모르는데요, 그래서 더 가능하지 않을까요? 프랑스어를 몰라도 그의 정신은 아시잖아요? 카페를 나와 역까지 걷는 동안 그런 얘기를 하며 갈수록 장소들이 저를 밀어내는 것 같아요, 장소를 견디는 힘, 그게 사라졌을 때 우린 어디에 있을 수 있을까요? 그런 게 질문이 되었을까, 제가 없이도 너무 잘 지내지 마세요, 혼자서 잘만 지내는 것 같은 사람은 싫어요, 그런 사람은 소중한 게 아무것도 없는 사람이고 아무것도 모르는 사람 같아요, 헤어지기 전 그런 얘길 하다가 갑자기 신문사 앞에 멈춰 서서 붙어 있는 기사들을 보며 이건 누가 붙이는 걸까요? 매일 이걸 붙이는 사람이 있을 거잖아요, 누군가가 신문을 펴서 하나씩 붙이고 있다는 생각을 하면 이상해요, 사람이 이걸 한다는 게요,라고 그는 말했다.

*

카페에서 방금 극장에서 나오는 날 봤다고 마야 데렌에 대한 다큐멘터리를 보러 오지 않았냐는 진의 연락을 받았을 때, 그건 나일 리 없으며 종일 카페에 있었다고 그렇지만 신기하다, 방금까지 마야 데렌에 대해 찾아보고 있었고 유튜브로 인터뷰도 보고 있었다고 말하니 진은 거짓말하지 말라고 그 뒷모습과 걸음걸이, 카프카의 얼굴이 그려진 에코백까지 그건 분명 나였다고, 그게 무슨 소리야? 카프카 에코백이라니, 그런 건 가지고 다녀본 적도 없고 그러고 싶지도 않다고 도대체 날 어떻게 보고 있는 거냐고, 너의 믿음으로 자꾸만 나를 만들지 말아줘, 어째서인지 나는 방금 본 인터뷰 내용

218

을 진에게 꼭 말해주고 싶다는 생각이 들었고, 마야 데렌에게 초현실적 구조의 사용은 예술적 선호라기보다는 영화가 예술형식으로서 자신의 도구를 찾아야 한다는 믿음, 문학에서 차용한 내러티브에 대한 의존을 포기해야 한다는 믿음에 가까우며 그 믿음이 결국 우리가 언제나 상상했지만 살지 못했던 삶을, 사회적 언어로는 미처 전달할 수 없었던 우리 안의 진실을 완성시키고 포착하게 만들 거라고, 그것은 한 번도 들어본 적 없지만 우리를 움직이게 했던 언어죠, 내러티브에 대한 믿음이 내러티브를 만드는 걸까, 오히려 내러티브에 대한 희망을 버릴 때 삶은 선명해지는 게 아닌가, 그런 건 만나서만 할 수 있는 얘기 같았고 자기 집에 먼저 가 있으라고, 진이 없는 진의 집에 혼자 앉아 있을 때마다 나는 오래전에 죽은 사람 같았는데 그건 너무 합당한 기분 같아서 아, 그랬지, 난 오래전에 죽었었지, 잊고 있던 조화들이 뚜렷해졌고, 진의 집에 간다는 건 나의 죽음을 확인하러 가는 길이야, 내가 좋은 사물로서 기능할 수 있다는 사실을, 사물은 시각을 견디고 균형을 만들어주니까 이젠 그걸 되돌려줘야지, 사물의 눈으로 이젠 없는 마음을 확인해야지, 다짐하며 도착한 진의 집에선 처음 보는 사람이 소파에 앉아 루이스 부뉴엘의 「자유의 환상」을 보고 있었는데 내가 잘 아는 사람도 가끔은 처음 보는 것처럼 느껴지곤 하니까, 난 이제 아무하고도 상관이 없고 어서 좋은 사물로서 기능하고 싶다는 생각에 인사를 하거나 뭔가 말을 해야 한다는 사실조차 잊은 채 옆에 앉아 같이 화면만을 응시했고, 경찰국장이 바에 들어온 손님에게 다가가 죄송하지만 여동생이 죽은 지 4년이 되었습니다, 당신이 들어오는 것을 보고 여동생과 매우 닮아 깜짝 놀랐습니다, 얼굴, 목소리, 걸음걸이까지 똑같아요, 이름은 마그리트입니다,라고 말을 거는 장면을 보다가 전 주인공이 없는 영화를 언제나 좋아하죠, 그래야 제가 어디 있는지를 완전히 잊을 수 있으니까요, 갑자기 옆에 있던 그가 말했고 이 영화에서 주인공은 자유 아닌가요? 물으니 내가 영화를 아주 잘못 본 것 같았고 근데 영화뿐일까? 내가 언제나 틀릴 수도 있다는 마음이 가능하기 위해선 한 번이라도 생각한 게 맞아봤어야 하는데 가져본 사람이 잃을 수도 있는 것처럼, 영화가 끝날 때까지도 진은 오지 않았기에 더욱 내가 잘못 보고 있었다는 확신만이 강해졌고, 진은 오지 않네요, 말하자 자기 때문인지도 모르겠다고 전 프로그래머입니다 순서를 해체했다가 정립하고 다시 해체하는 일을 하죠, 그럼 뭐가 달라지죠? 묻자 그건 이상한 질문 같다고, 달라지려고 하는 게 아닌데요, 그렇지만 뭔가 바뀌는 거 아닌가요? 그렇다기보다는 혹시 체스 둘 줄 알아요? 알긴 아는데요, 그럼 이해가 쉽겠네요, 기본적으로 저는 프로그래머의 일은 체스를 두는 것과

같다고 생각해요, 순서의 예술이잖아요, 이해하시나요? 아
니요, 아무튼 제가 여기 있어서 순서가 어긋난 것 같네요, 하
며 미안해했고 나는 그를 이해하기보단 「자유의 환상」의 내
용을 정리해보고 싶다는 생각이 들었고 집으로 돌아와 노트
북으로 영화를 다시 보았다.

영화 속의 인물들은 허구이다. 실존했던 인물들과 유사
하다면 모두 우연일 뿐이다. 이 영화는 나폴레옹 점령기인
1802년 톨레드에서 시작된다. 줄거리는 스페인의 낭만파 시
인인 구스타보 아돌포 베케르의 콩트에서 영감을 얻었다. 군
인들이 혁명가들을 총살함(자유를 타도하라! 프랑스에 죽음
을!) → 이것은 유모가 읽고 있던 책의 내용임이 밝혀지고 놀
고 있던 아이들에게 어떤 남자가 접근하여 알 수 없는 사진
을 줌 → 집에 돌아온 아이들이 부모에게 사진을 보여주고
사진을 본 부모는 끔찍해하며 유모를 해고함(대칭은 정말 싫
어!) → 남편이 불면증으로 잠을 이루지 못해 병원에 가서 증
상을 말하는 중 갑자기 간호사가 방문하여 아버지가 편찮으
시다고 얘기함 → 휴가를 내고 아버지를 보러 가는 중 비바
람으로 도로가 무너지고 길이 끊겨 숙소에 하룻밤 묵게 됨
(혹시 여우를 보셨나요?) → 다음 날 아침, 가는 길이 같은 교
수를 태워줌 → 교수의 수업을 듣던 경찰이 근무를 나감 →

병원을 가던 리샤르란 남자에게 속도위반으로 벌금형을 선고함 → 리샤르는 병원에서 간암 선고를 받음 → 집으로 돌아온 리샤르는 부인에게 딸인 알리에트가 실종되었다는 소식을 듣고 학교를 방문하고 경찰에 신고함 → 경찰서장은 실종 신고서를 작성하고 반장에게 수색을 지시한 후 신발이 왜 그리 지저분하냐고 지적함 → 반장이 구두를 닦으러 간 곳에서 시코라는 개를 데리고 다니는 남자를 봄 → 남자는 구두를 닦고 건물 옥상에서 무차별 총격을 가하고 붙잡혀 재판에서 사형을 언도받음 → 딸을 찾았다는 소식을 듣고 사무실을 방문한 리샤르에게 조서를 읽어주던 경찰국장이 약속이 있다며 자리를 비움 → 약속 장소에서 경찰국장은 죽은 여동생 마그리트와 무척 닮은 부인을 만나 얘기를 나누던 도중 바에서 죽은 마그리트에게 걸려 온 전화를 받음(죽음의 미스테리를 이해하느냐고?) → 경찰국장은 밤에 지하 묘소에 방문하여 마그리트의 시신을 확인하려다 죽음을 모독하였다는 이유로 경찰들에게 체포당함 → 경찰서에 잡혀 온 경찰국장은 국장을 사칭하고 있다는 의심을 받고 경찰서장은 또 다른 경찰국장에게 연락하여 상황을 보고함 → 경찰국장과 또 다른 경찰국장이 만나서 동물원에서 벌어지는 상황에 대비해야 한다며 회의를 함 → 동물원으로 출동한 경찰들과 두 명의 경찰국장은 상황을 보곤 발포를 명령함(자유를 타도하라!)

누락된 내용은 다음과 같다. 파라펠르날리아, 새벽 3시에 우편배달부가 주고 간 편지, 카르멜회 수도사, 마거릿 미드의 저서, 그리고 실종의 다른 의미, 정리하다 보니 나는 이 영화의 주인공이 정말 무엇인지 알 것 같다는 생각이 들었고 일화 삼아 말하면 영화가 시작될 때 프랑스인들이 총살하는 네 명의 스페인 사람 중 하나로 루이스 부뉴엘이 등장하는데 수도사의 후드와 수염 속에 숨어 있는 사람이 바로 그다.

Development

그는 위니펙에 있다고 했다. 가이 매딘의 영화를 보고 언젠가 와보고 싶었다고, 여기야말로 몽유병자들의 도시 같아요, 어딜 가든 길을 잃은 사람뿐이고 그래서 언제나 극장에 사람이 많답니다, 그의 영화를 본 적이 있나요? (혹시 원하시면 파일 보내드릴게요) 위니펙에 온 김에 충동적으로 가이 매딘의 사무실을 방문했는데 문이 닫혀 있더군요, 잠시 자리를 비운 것 같아 밖에서 좀 기다려봤는데 아무도 오지 않았고, 유리문을 통해 개 한 마리가 사무실 바닥에 얌전히 앉아 있는 걸 봤어요, 저는 인사도 해보고 밖에서 손을 흔들어보기도 했지만 개는 절 잠시 보더니 짖지도 않고 눈만 꿈뻑거리며 그저 그 자리에 앉아만 있었어요, 사람의 흔적이라곤 찾아볼 수 없는 골목들과 호텔 로비를 거닐다 방으로 돌아와 이 메일을 쓰고 있으니 텅 빈 사무실에 앉아 있던 개의 모습만이 떠오르고 다시 거기 가봐야겠다는 생각이 드네요, 누군가 분명 돌아오겠죠? 이러고 있으니 사실 제가 아무런 할 말이 없다는 사실을 확인하기 위해 여기까지 온 것 같고 어쩌면 질서에 대한 반항이었을까, 반항심이 없는 인간은 이미 죽은 것과 마찬가지고 죽거나 반항하거나, 아무도 날 필요로 하지 않고 연관도 없는 곳이라면 스스로를 발견할 수 있을 거라 믿었던 건지, 아니면 개연성 자체를 잊을 수 있을 거라 생각했는지, 위치의 변화가 관계의 변화를 가져다줄 거라 생각했는지, 어떤 응시는 누군가를 살게 하거나 바꿀 수도 있고, 너무 많이 이해해서 많은 것이 아무것도 아니게 된 건 아닌지, 너무 많이 찾고 싶은 마음 때문에 전부 저를 지나쳐버린 건 아닌지, 그렇기 때문에 아무런 발견도 하지 못하는 능력이 우리에게 가장 필요한 건 아닐까, 이해하게 되면 지나치게 되는 걸까, 아니면 정말 이해하는 걸까, 떠날 때마다 같은 생각이 들어요, 진짜 떠나온 건 과연 누굴까, 잃어버린 것들은 전부 믿을 수 있는 것들인가요? 이건 같은 질문일까요? 해야 할 말을 말해버리면 안 된다는 생각에 너무 많이 동의했는지도, 그래서 무언가를 자꾸만 연결시키려 했는지도, 연결을 버려야 알 수 있는 것들, 코르타사르의 『팔방놀이*Rayuela*』를 읽어보셨나요? 거기서 그가 하려고 했던 게 지금 저에게도 필요한 것 같아요, 아직 읽어보진 않았지만 그런 생각이 들고 루이스 부뉴엘이야말로 코르타사르의 소설을 영화화해야 할 사람이 아니었을까 싶네요, 그는 죽었지만 그래서 더 가능할 수도 있지 않을까, 『팔방놀이』가 번역될 수 있을까, 저는 읽고 싶다고 자꾸 언급하면 언젠가 꼭 읽게 될 수 있지 않을까, 얘기하면 누군가 들어주지 않을까, 하는 믿음이 있어요. 그래서 계속 얘기하는 게 중요한 것 같아요, 잊어버리지 않고요. 팔방놀이팔방놀이팔방놀이팔방놀이팔방놀이팔방놀이팔방놀이팔방놀이팔방놀이 그러고 보니 그때 얘기했던 책이 아닌 다른 형태로 자신의 글을 발표했던 건 코르타사르인 것 같은데 그는 소설을 쓰기보다는 어디로도 연결되지 않는 통로를 만들거나 언어가 우리를 언제든 배신할 수 있다는 사실을 보여주고 싶었던 것 같아요, 자막도 없이 낯선 영화를 볼 때 언어로는 담을 수 없는 부분들이 더 생생해지는 것처럼, 가끔 영화를 보러 갈 때 선글라스를 끼고 보면 이미지가 더 생생해지는 걸 느낄 수 있고, 동기가 희미할수록 사건의 충격은 선명해지는 것처럼, 지금 읽고 있는 책에 코르타사르의 『마누엘의 책*Libro de Manuel*』에 대한 내용이 나오는데 소설 속에서 한 인물은 프리츠 랑의 시사회에 참석했다가 두 개의 트랙이 나란히 진행되는 영화를 보게 되고, 그걸 보곤 자신이 지금 꿈을 꾸는 중이라는 사실을, 두 개의 스크린에서 두 개의 트랙이 동시에 진행되는 영화를 보며 그는 내가 영화인 동시에 영화의 관객이란 사실을 깨닫게 되고, 두 개의 스크린은 두 개의 꿈인 걸까, 그렇다면 우리가 깨야 할 것은 꿈일까 아니면 영화일까 (스크린이 직사각형이라면 우리는 어디에 앉아 있을 수 있을까, 앉는 게 가능할까?) 한마디로 우리가 이 책을 읽으며 알아야 하는 것은 무엇일까요? (내가 모든 것을 잘못 읽고 있는 걸까요?) 외로울 때 하는 독서는 독서가 아니라 함정이고 함정은 언제나 더 큰 함정으로 연결되어 있는 법이니까 조심하세요, 안 그러면 아무것도 견딜 수 없어지니까, 오늘은 정말 견딜 수 없는 게 세 가지쯤 있었어요.

과거의 나.

지금의 나.

그리고 나.

쓰고 보니 전부 같은 것처럼 보이네요, 그렇지만 아니라는 걸 아시죠? 이럴 땐 밤 산책밖에 할 수 있는 게 없고 어디로 가겠다는 생각도 없이, 최근에 본 어떤 영화에서 주인공이 친구와 오해를 풀기 위해 하루 종일 얘기를 하며 걷고 그러다 밤이 되고 새벽이 될 때까지 또 걷고 자판기에서 음료수를 뽑아 먹고 어느새 아침이 되어 같이 첫차를 타는 그런 장면이 좋았어요, 밤 산책을 하는 장면이 나오는 영화는 다 좋은 것 같고 어두워져도 집으로 돌아가지 못하고, 돌아갈 집이 없거나 있어도 없는 것 같은 기분이 들거나 뭔가 사정이 있는 인물들이 만나 별말 없이 그저 걷다가 서로 공통점도 인과관계도 없이 만나서 같이 걷고 갑자기 만난 것처럼 갑자기 사라지거나 각자의 길로 가버리고 아무런 이유도 알지 못한 채, 그러면 왜일까 같이 걷던 사람은 어디로 갔을까 고민하고 또 고민하다가 잠도 못 자고 그러면 다시 밖을 나와서 무작정 걷고 걷다 보면 또 누군가를 만나고 그렇게 걷다가 사라지는 사람들, 그런 건 언제나 좋은 이야기 같고 몽유병자들 그들은 일방적으로 머무른다. 어떤 책은 읽도록 씌어지지 않았고 어떤 삶은 살도록 설계되지 않았다. 그는 위니펙에 있다고, 그런 말을 들을 때마다 난 그가 존재하긴 하는지 모르겠다는 생각이 든다. 각성들이 중요해졌고 기억을 통해 살아남는 것들은 기억을 배반한 마음들이다.

*

　약속 장소에 미리 와 있으면 진은 언제나 밖에서 유리창을 톡톡 두드리거나 우리의 시선이 마주칠 때까지 가만히 서 있었고 내가 인사를 하면 그때서야 안으로 들어왔는데 그건 진이 영화에서 인물들이 우연히 서로를 발견하고 카페의 유리창을 두드리는 장면을 좋아하기 때문에, 그건 마치 이미지로만 인식되던 존재의 본질로 한층 다가서는 느낌이고 닫힌 문으로 누군가가 들어올 때 나의 시야도 함께 열리는 것 같아서, 멀리서만 가능한 것들, 그것은 시야의 문제가 아니라 경험의 문제인 것 같아, 가끔 내가 무언가를 계속 보고 있을 수만 있다면 그건 그대로일 수 있을 것 같아, 해는 지지 않을 것 같고 음식은 썩지 않을 것 같고 아무도 죽지 않을 것 같아, 내가 눈을 떼지 않을 수만 있다면, 자꾸 그런 생각이 드는 건 내가 너무 피곤하기 때문일까, 마야 데렌에 대한 다큐멘터리에서 깨진 이미지와 데이터들로 얼굴을 씻으면 기억이 사라질 거라 했는데 아무리 세수를 해도 지워지는 것이 없으니 다 거짓말일까, 마야는 카메라로 무언가를 찍을 필요가 없었고 그녀 자체가 카메라였으니까, 이걸론 과거를 찍을 수 있다고 유통기한이 지난 필름 몇 롤을 받았는데 카메라와 친해지기보단 우선 나와 더 친해져야겠다는 생각이 들어, 기계에게도 기억을 가르쳐야 하고 그게 제가 하는 일이죠, 그러기 위해선 사물보다 흐름을 믿어야 한다는데 그게 무슨 뜻이지? 누가 그런 얘길 했는데? 마야 데렌이었나? 기억나지 않지만 그게 무슨 뜻이지? 난 고개를 저었고 그 사람이 한 말이냐고, 진의 집에 갔을 때 영화를 보고 있던 프로그래머에 대해 물었는데 그게 누군지 모르겠다고, 자기가 아는 프로그래머는 전부 잊혀졌거나 죽었다고, 언제 죽었는지도 모르겠는 사람들은 결국 죽은 거고, 그날 우리가 만나지 못한 건 그런 생각을 너무 많이 했기 때문인 것 같다고, 윌리엄 버로스의 무덤에 갔었을 때 묘비도 없고 아무데도 그의 이름이 적혀 있지 않아서 그는 아직 살아 있다는 사실을 순간 깨달았다고, 그런가? 아직 살아 있었나? 그의 묘지를 본 적 있어? 아니, 난 본 적이 없었기에 그런 것들은 전부 살아 있는 것 같고, 누군가가 아직 죽지 않았다는 게 가끔 너무도 믿기지가 않아, 누군가가 죽었다는 사실보다도 더. 진은 이상한 감각 때문에 힘들어하고 있었고 너무도 멀쩡해 보여서 큰 문제가 있는 게 분명한 것 같았다. 설명할 수 있었다면 그건 고통이 아니야, 저 주방장을 보라며 그는 소비에트사회주의공화국연방이 낳은 볼링 챔피언인데 벌써 나이가 여든이 다되었다며 그의 일대기는 드라마로 제작되어 Canal+에서 방영되기도 했다고, 사실 그는 이중국적자인데 왜 이중국적자들이 요리를 잘

하는지 아느냐며 그건 그들이 아무것도 간과하지 않기 때문이라고, 자기는 볼링에 대해 아무것도 모르기 때문에 가끔 그가 신처럼 보인다는 진의 말에 나는 깜짝 놀라 아무리 봐도 그렇게 보이지 않고 오십대로도 보이지 않는다고 하자 보이는 게 그렇게 중요하냐고, 그건 어리석음으로 가는 지름길이라고, 어떻게 그런 사실들을 알고 있는 거냐고 묻자 알고 있는 게 아니라 자기는 그저 느낄 뿐이라며 느끼는 대로 생각하는 것뿐이라고, 가게에선 재즈 대신 갑자기 하우스뮤직이 나오기 시작했고, 식사를 하던 몇몇 사람들이 비트에 맞춰 발을 구르거나 고개를 까딱거리는 모습을 지켜보던 진은 사실 거짓말이라고, 자기는 이렇게밖엔 상대에게 자신의 생각을 전달하는 방법을 배우지 못했다고, 그것이 문제라는 것을 알지만 그것 말곤 할 수 있는 게 없다고 했다가 이 말 또한 거짓말이라고, 자신의 기분이 가끔 자신을 이렇게 만드는 것 같다고 했다. 그는 프로그래머가 아니라 보안업자야, 누구? 뭐야 아까는 모른다며? 보안업자라니 뭘 지키는 거냐고 묻자 진은 내가 생각하는 그런 것이 아니라고 했다. 한마디로 그가 지키고 있는 건 리얼리티야, 나는 이해할 수 없었고 더 묻고 싶었지만 뭔가 말하고 싶다기보다는 그저 너의 반응을 보고 싶을 뿐이고, 아무리 하고 싶은 말이라도 모두에게 해줄 수 있는 말이라면 자기에겐 하지 말아달라고 진의 눈은 내게

말하는 듯했고, 듣길 원했지만 듣지 못했던 말이 사실 기억
이 되고, 강제로 빼앗긴 말과 강제로 하게 된 말은 결국 같은
말 아니냐고, 아니 그렇지만 내가 여기 있다는 것만으로 같
아졌지, 그런 말을 하기보단 아무하고도 상관없어지고 오직
너만이 볼 수 있는 사물의 파편이 되자, 다짐 같은 걸 하다가
네가 전에 해준 얘기 요즘도 종종 생각한다고 진이 갑자기
고다르의「알파빌」을 리메이크하거나 그의 통역사가 되어야
겠다고 했을 때, 둘 다 그다지 좋은 생각 같지 않다고, 프랑스
어를 못하는데 통역사가 되는 건 어려운 일 같다고, 그런 게
중요한가? 네가 생각하는 통역이란 게 뭔데? 그건 같은 자리
에 있을 수 없는 것들을 같은 곳에 놓는 일이고 끝까지 부적
응을 느끼는 일 같다고 그래서 자신의 일인 것만 같다고, 그
말을 들으니 그건 정말 진의 일인 것만 같고, 진만큼 잘할 수
있는 사람은 없을 것 같다는 생각에 꼭 고다르의 통역사가
되었으면 좋겠다, 잘할 수 있을 것 같다, 그 영감탱이의 말을
제대로 알아듣고「알파빌」을 리메이크할 수 있는 사람은 너
인 것 같다, 영화를 만들면 꼭 보러 가겠다고 했던 것이 갑자
기 생각났고, 내가 그렇게 말하자 진은 방금 말했던 것을 전
부 부정하며 사실 절대 못할 것 같다고, 생각만 해도 속이 미
식거린다고 헛구역질을 하는 진을 보며 괜한 말을 했나 후회
했던 게 떠올랐고, 내가 만든 영화는 내가 살고 싶은 세계여

야 한다, 그 말을 듣고 자기는 깨달았다고, 그런 말을 했었나, 그게 언제였는지 궁금했지만 나의 질문들이 너무 많은 것들을 바꿔놓는 건 아닐까? 싶어서 묻지 않았지, 영화를 보는 것만으로 누군가를 깊이 이해했다는 착각이 들거나 그래서 그것이 더는 착각이 아니게 되거나, 홀로 설 수 없을 만큼 미숙하고 아무런 힘이 없는 영화, 계획이란 걸 세워본 적이 없는 사람과 고민이랄 게 없는 사람이 만나 아무런 얘기도 하지 않는 영화, 좋아하기엔 아무런 매력이 없고 싫어하기엔 거슬리는 지점이 전혀 없는 영화, 아무 데도 속하지 못하고 어디로도 떠나지 못하는 영화 (혹은 아무것도 가진 게 없고 한 번도 떠나본 적이 없는 영화), 미스터리를 말할 능력도 일상을 심층적으로 들여다볼 통찰도 없는 영화, 자기가 할 수 없는 일은 절대 하지 않는 영화, 말귀를 못 알아듣고 자기 마음대로 생각하는 영화, 아무런 기대도 하지 않고 아무도 실망하지 않는 영화, 머리를 쓰지도 않고 몸을 쓰지도 않는 영화, 아무것도 느낄 필요가 없는 영화, 보기 전과 보고 난 후가 아무것도 달라지지 않는 영화, 영원히 계속될 것만 같은 두 시간짜리 영화, 그런 영화를 만들고 싶다고, 그렇기 위해선 영화를 포기해야 하는 것 같다고, 내가 얼마나 늦었는지는 중요하지 않고 늦었다는 사실만이 전부 바꿀 거야, 말한 건 진이었는지 내가 보지 못한 진의 표정이었는지, 너무 많은 착각들이 진을 고통스럽게 만드는 것은 아닐까, 그러나 아무것도 착각하지 않았다면 내가 여기 있지도 못했을 것이다. 「알파빌」을 리메이크하거나 통역사가 되는 대신 진은 프랑스어를 조금씩 독학하여 자막 없이도 고다르 영화를 보는 지경에 이르렀고 심지어는 자막을 직접 만들어 내게 메일로 파일을 보내주기도 했는데 거기엔 그의 「영화의 역사(들)」도 포함되어 있었다. 보내준 파일을 순서에 상관없이 내키는 대로 하나씩 보며 마음에 드는 부분을 받아 적거나 떠오르는 것을 메모하다 보니 어떤 게 받아 적은 거고 어떤 게 생각했던 건지 알 수 없게 되었는데 문득 이것이야말로 고다르가 영화를 만드는 방식이라는 사실을 깨닫게 되었다. "우리는 당신의 말과 인용된 말을 더 이상 구분할 수 없습니다. 우리는 인용구들이 당신에게 말하고 있는 것인지 아니면 당신이 그 인용구를 말하고 있는 것인지 알지 못합니다. 어쩌면 그것은 당신이 그것들을 말하고 있고 인용구들과 완전한 공생 관계를 형성하고 있기 때문일 것입니다."° 비평가인 이샤그푸르는 말했다.

「영화의 역사(들)」은 이렇게 시작한다. 아무것도 변하지 않았고 모든 것이 다르다, 사물의 모든 면을 보여주지 마라. 얼마간의 여백을 남겨두라. 현재는 모든 눈이다. 사진들이 잔뜩 있는데 사람들은 없어, 그게 누벨바그야, 우린 마음이 아니라 작품을 찍어요, 모르겠어요, 지금은 실업의 시대예요, 일손은 너무 많은데 마음이 없을 때가 있어요, 그래 일이 아니라 마음이 없는 시대, 역겨운 시대엔 일이 몹시 부족하고 새로운 경고와 마주해요, 손으로 일하지 말고 마음으로 하라는 경고, 내가 지어내려 했을 때 이야기들은 없었다. 아무것도 안 지어냈을 때 이야기들이다. 행동을 위한 시간은 지나갔고, 반성의 시간은 시작되고 있다. 그러므로 거기에는 비판적인 시각이 있는 것이다. 난 언제든 자유로울 거야, 읽고 있으니까, 그렇다면 내일은? 그렇다면 질문은? 모호하기 때문에 멀어지는 것이 아니고 모호함을 느낀다는 것은 이미 가까워지고 있다는 증거다. 우리는 가능한 것을 발견하지 않고 발견한 것을 가능하게 만들 것이다. 리듬들이 스스로 발견되도록 만들어야 한다. 네가 봤던 것을 나도 보고 있어, 그걸 기다림이라고 한다면, 리얼리즘이란 사물들이 어떻게 현실적인가 하는 것이 아니라 사물들은 실제로 어떤가에 관한 것입니다, 사물들이 가진 사물들의 측면, 사물들도 잊어버린 사물들의 특성. 그런 걸 발견해야 한다고, 그런 걸 발견이라고 말할 수 있다면, 내가 멀리 가면 갈수록 나는 더 적게 이해한다. 마구잡이로 봤다고 생각했는데 메모를 정리하다 보니 나는 순서대로 영화를 봤음을 알 수 있었고, 유세프 이샤그푸르와 고다르의 대담을 정리한 책『영화의 고고학』에서 고다르는「영화의 역사(들)」를 여덟 개 혹은 A와 B로 구분된 네 개의 장으로 구상한 이유에 대해 집에는 네 개의 벽이 있기 때문이었습니다. 그런 단순한 이유였습니다,라고 대답했다.ºº

Proof

책을 읽기 위해 기차를 탔습니다. 이 글도 기차에서 쓰고 있어요. 이동 중인 것의 가장 좋은 점은 누군가가 어디냐고 물을 때 아무 데도 아니라고 어디론가 가는 중이라고 말할 수 있다는 점인 것 같아요. 아무도 제게 연락하거나 물어보지 않지만 나는 지금 어딘가로 가고 있다고 말하는 상상을 하는 것만으로 즐거워질 수 있으니까요. 사실 저는 운전기사를 해야 했던 게 아닐까요? 지금이라도 노면전차 운전사 자리를 알아봐야 되는 건지, 아니면 여행자들을 위한 지도를 만들어야 하는 건지, GPS를 통해 누구나 자기가 어디에 위치해 있는지 확인해볼 수 있다는 게 과연 우리에게 좋은 일일지 그건 오히려 장소들의 말을 무시하는 게 아닐까요? 그 나라의 언어가 그곳의 장소가 되는 걸까요? 어제 지도를 검색해 찾아갔던 카페에서 에스프레소를 달라고 하니 제가 여행자라면 줄 수 있는 커피가 없다고 하더군요. 우연히 구글 스트리트 뷰에 찍힌 제 모습을 봤는데 저는 이미 장소가 되어버렸는지도, 누구도 머물 수 없는. 궁금하시다면 구글 스트리트 뷰로 저를 찾아보세요. 어젯밤 보내주신 답장을 다시 읽었는데 지금 읽고 있는 책에 이런 구절이 있었어요. "일부 초보자들 또한 아주 빠른 속도로 거장이 될 것이다.「시민 케인」은 항상 인용되는 좋은 본보기이다. 이와는 반대로 채플린의 다음과 같은 구절이 있다. '인생은 너무 짧아서 아마추어 이외의 다른 것이 될 수 없다.'"°°° 대충 이런 내용이었는데 말씀해주신 게 생각났어요. 수잔 리앙드라 기그와 장루이 뢰트라가 쓴『영화를 생각하다Penser le cinéma』라는 책인데 번역본이 있는지 모르겠네요. 불완전한 인용이라 맥락이 잘 전달될지 모르겠지만 모든 인용은 불완전하니까, 그런 게 진짜 인용이고 그렇기에 의미가 있는 거 아닐까요? 맥락을 절단시키는 거요. 전에 말했던 위니펙의 가이 매딘 사무실에 다시 갔었는데 여전히 아무도 없었고 전에 봤던 개도 없어서 내가 너무 많은 풍경을 훔쳤거나 더 이상 이 도시에 아무런 가능성이 없는 게 아닐까, 싶은 생각이 들어 누군가 내게 여전히 풍경들을 훔치고 있는지 물으면 환영 없는 도시에서 어떻게 사냐고 되물으려 했지만 그렇게 묻는 사람은 없었고,

대신 여기서 누굴 찾고 있냐고 묻기에 전에 봤던 개를 찾고 있다고 했더니 타티는 산책 중이라고 하더군요. 우리가 서로의 공간에서 산책을 하고 있다면 우린 같이 있는 거겠죠. 돌아다니며 찍은 사진도 보내드리려 했는데 나중에 보니 너무 가까이 찍어서 아무것도 담기지 않았네요. 대신 질문들을 보냅니다. 전에 봤던 영화인데 다른 건 모르겠고 남자 주인공이 복도에서 석류인지 뭔지 알 수 없는 과일을 천천히 씹으며 한두 방울씩 흘린 붉은 즙이 점점 번져서 바닥 전체가 새빨갛게 변하는 쓸데없이 길고 이상한 장면만 기억나는데 이게 무슨 영화인지 아시겠어요? 전 아무리 찾아봐도 모르겠네요. 예전에 큰 감흥을 주었던 것들이 이제 더는 아무렇지도 않을 때 우리는 어디에 서 있는 건가요? 내가 있는 여긴 지금 어디인가요?

나는 그가 말한 영화가 뭔지 알 수 없었고 대신 멍청하게도 그에게 부뉴엘에 대한 얘길 했던 게 생각났는데 왜 그랬는지 모르겠다. 정말 얘기하고 싶어서라기보다는 그가 그런 얘길 할 수 있는 유일한 사람이어서 그랬던 것 같다. 구글 스트리트 뷰로 그의 모습을 찾아보았지만 발견할 수 없었고 인터넷 서점에 검색해보니 『영화를 생각하다』 번역본은 품절이었지만 온라인 중고로 8천5백 원에 판매하고 있었다.

*

　한동안 연락이 없던 진에게 이번 토요일에 자신의 작업을 보러 오라는 연락을 받고, 그동안 정말 고다르의 통역사가 된 거냐고, 정말 「알파빌」을 리메이크한 거냐고 묻자 둘다 아니라고, 자기는 영화를 찍기엔 영화에 너무 관심이 없으며 그렇다고 평론가가 되기엔 이론에 관심이 없고, 통역사가 되기엔 상대방의 말에 관심이 없고, 작가가 되기엔 인간에게 관심이 없고, 인간이 되기엔 스스로에게 아무 관심이 없어서 아무것도 되지 못하고 있는 것 같다고, 아무나 자기를 대체해도 좋을 것 같다고, 그런 정신 나간 일을 할 사람은 아무도 없기 때문에 아직 자기가 여기 있는 것 같다고, 그러니까 내가 와줬으면 좋겠다, 난 전망할 자격이 없고 더 이상 누군가를 알아볼 자신이 없어, 그러니까 1년 뒤에 날 알아봐줄 거냐고, 5년이 지난 뒤에도 자기를 알아볼 거냐고 기억해줄 거냐고, 그럼 10년 뒤엔? 20년 뒤엔? 그때도 날 길에서 우연히 마주치면 알아볼 거냐고, 알아봐줄 수 있겠냐고, 진, 그게 무슨 질문이야, 나는 대답 대신 토요일에 가겠다고 했다.

　각자 다른 책을 읽는 사람들은 아무도 나이 들어 보이지 않았고, 그건 그들의 얼굴이 보이지 않기 때문이라기보다는 그들의 삶이 보이지 않았기 때문에, 토요일이 되어 진이 보내준 주소로 가보니 진은 없고 시선과 시선이 부딪히는 소리만이 이곳이 장소로서 기능하고 있음을 입증하고 있는 것 같아, 여기서 앞으로 시작될 무언가를 기다리면 모든 것이 변할 것만 같았고 아니면 내가 뭘 하는 사람인지 알 수 있거나, 뭘 할 수 없는 사람인지는 정도는 알 수 있을 것 같았는데 적어도 뭘 기다릴 수 있는 사람인지 정도는, 전에 진의 집에서 만났던 프로그래머(혹은 보안업자?)가 로비에 앉아 있는 나를 알아보곤 인사를 한 건지 뭘 한 건지 손바닥을 펴 보이며 다가오더니 문제가 있다고, 자기는 이제 어떻게 해야 할지 모르겠다고 말하기에 문제 같은 건 언제나 잔뜩 있고 그렇기에 우리가 여기 있는 게 아니냐고 했더니 그는 고개를 저으며 그런 게 아니라고 했다. 완전히 실패했어요. 리얼리티를 전부 도둑맞았어요, 마치 그것이 자신의 마음속에 있었던 것처럼 실패한 보안업자(혹은 프로그래머?)는 가슴을 부여잡으며 말했다. 다시 되찾을 방법은 없을지 묻자 자기는 이미 너무 늦었다고 당신이 해줬으면 좋겠어요,라고 이 모든 걸 없었던 것으로 해줬으면 좋겠어요,라고 말하며 약탈당한 리얼리티가 걷고 있는 모습을 바라보듯 자신이 걸어왔던 곳을 가리켰고, 우리가 지켜야 할 건 리얼리티가 아니고, 그렇게 생각하면 잃어버린 것도 실패한 것도 아무것도 없어요, 문을 열고 들어가기 전 나는 그에게 말했고 영화는 상영되는 중이었다. 어떤 장면은 흑백이었고 어떤 장면은 컬러였는데 그 차이는 볼수록 희미해졌고 차이라기보단 내가 받아들이지 못하고 배제시켜버린 의견 같아, 내가 외면한 것들만이 전부 내 이름이 되었지, 가방에 있던 선글라스를 끼니 순서는 평평해졌고, 깨진 이미지 속 깨진 미소는 내가 아는 얼굴이고, 예감들이 수월해져 전에 기억을 잃은 채 극장을 돌아다니는 몽유병자에 대한 글을 읽은 생각이 났다. 상영하는 영화가 그의 기억이 되었고 글이 경험이 되었을 때 그는 더 이상 헤매지 않았다. 그건 우리가 언제나 마음속에 품고 있었거나 살면서 한 번쯤은 볼 수 있지 않을까 생각했던 혹은 남몰래 그렇게 살아보고 싶었던 내용의 영화는 아니었지만 토요일의 영화는 모두를 위한 것이니까, 나는 무엇의 목격자일까? 어딜 가든 내가 이 영화보다 멀리 갈 수 있을까? 그런 생각은 했다. 밖으로 나오니 진도 없고 보안업자도 없고 관객도 없고 하고 싶은 말도 없고 아무것도 없어서 내가 펠론파의 평전을 쓰거나 여행자들을 위한 커피를 팔아야 될 것 같다는 생각이 들었고, 누군가 밖에 붙어 있는 오래된 포스터를 가져가고 싶었는지 손으로 뜯으려다가 잘 안 뜯기자 라이터를 꺼내 불을 붙였다. 그것이 무슨 영화인지 알 순 없지만 난 불이 붙은 포스터에서 이시도르의 얼굴을 발견했다.

이시도르이시도르이시도르이시도르이시도르이시도르이시도르이시
도르이시도르이시도르이시도르, 제가 했던 말을 믿으시나
요? 이시도르는 종종 내게 물었고, 우리가 언젠가 현실과 일
치할 수 있는 날이 오길 바란다고, 난 그를 너무 믿어서 그가
사라져버렸으면 했고, 우리가 걷는 길이 같은 길일지언정 각
자 다른 곳에 도착할 수도 있고, 내가 문을 열었기 때문에 무
언가 시작된 건지도 몰라, 앞으로 볼 영화는 내가 잊어야 할
모든 것이다. 그러니까 이시도르, 이게 네가 말한 밸런스야?
버스를 타고 고가도로를 지나며 버스 안에서 함순의 소설을
읽고 있는 나를 봤다고 했던 누군가를 떠올렸고, 텅 빈 극장
에서 경비원과 체스를 두고 있었다는 나를 봤다는 사람과 지
하철에서 잠든 남자의 떨어진 핸드폰을 주워 다시 가방 위에
올려준 나를 봤다는 사람과 와인 잔을 손에 든 채 홀짝거리
며 뱅센 공원을 걷는 나를 봤다는 사람이 다 같은 사람이었
는지, 타티와 함께 산책을 하는 나와 모르는 사람과 이혼을
한 내가 함순의 소설이라곤 읽어본 적도 없고 경비원과 체스
를 둔 적도, 뱅센 공원은 가본 적도 없지만 오늘은 그게 전부
나라고 생각해볼 수도 있었고, 누군가를 안다는 건 어떤 건
가요? 사라지지 않고도 누군가를 알 수 있다는 건 어떤 건가
요? 묻는 이시도르의 얼굴은 아주 오래전에 사라졌던 얼굴이
었지, 혹은 얼마 전이었거나, 조화를 생각할수록 우리의 연

결은 멀어질 뿐이고 기억의 발밑으로 강력하게 흐르는 이시도르의 그림자.

*

영화 「세브린느」의 결말을 루이스 부뉴엘은 꿈에서 봤다고 같이 각본을 쓴 장클로드 카리에르에게 얘기했다. 불구가 되어 선글라스를 쓴 채 휠체어에만 앉아 있던 세브린느의 남편 피에르는 친구 잇송이 방문한 후 갑자기 아무렇지도 않다는 듯 선글라스를 벗고 세브린느에게 미소 지으며 묻는다. 무슨 생각하고 있어? 당신 생각이요, 피에르. 마차의 방울소리가 들리고 저 소리 들려요? 세브린느는 창문을 열고 밖을 내다보니 뒷좌석에 아무도 태우지 않은 마차가 (영화의 첫 장면에서 그녀가 남편과 함께 타고 있던 마차가) 지나가는 것이 보인다. 이 장면을 찍을 때, 부뉴엘은 배우들에게 장면의 내용이나 의미에 대해 설명하지 않았고 그저 동선과 제스처에 대해서만 지시했는데 마치 꿈속에서 이 모든 장면을 보았으며 그것을 오차 없이 진행하겠다는 듯 거침없었다. 저 소리 들려요? 세브린느가 물으며 창문을 여는 장면을 찍을 때, 모니터를 바라보던 부뉴엘의 눈에서 갑자기 눈물이 흘렀고 그 모습을 본 미셸 피콜리가 나중에 눈물의 의미에 대

242

해 물었지만 그는 그런 적 없다고, 잘 기억나질 않는다며 시치미를 뗐고 「세브린느」가 개봉하고 나서 영화에 대한 비평이 하나둘씩 나올 때쯤, 장클로드 카리에르가 영화의 마지막 장면의 탁월함에 대해 회상하며 슬쩍 그때의 상황에 대해 말했을 때도 그는 내가 그랬던가? 하며 두 잔째의 드라이 마티니만을 마셨다. 드라이 마티니에 사용하는 얼음은 아주 차고 단단해서 쉽게 녹지 않아야 한다고, 물을 많이 머금은 마티니만큼 최악인 것도 없지, 자네에게 진정한 미스터리를 경험할 행운이 찾아온다면 자넨 그걸 존중할 수 있어야 해, 미스터리를 분해한다는 것은 어린아이에게 폭력을 휘두르는 것과 마찬가지야, 플라자 호텔의 바에서 둘만 남았을 때, 루이스 부뉴엘은 장클로드 카리에르에게 그렇게 말했다. 장클로드 카리에르가 뭐라 대답도 하기 전에 그는 일어서서 계산을 하러 갔다. 부뉴엘의 마티니 잔 속 얼음이 녹지 않은 채 아직도 단단하게 빛나는 것을 오랫동안 바라보며 장클로드 카리에르는 신기한 일이라고 생각했다.

○   장뤼크 고다르·유세프 이샤그푸르, 『영화의 고고학』, 김이석 옮김,
     이모션북스, 2021, p. 98.

○○   같은 책, p. 12.

○○○ 수잔 리앙드라 기그, 『영화를 생각하다』, 김영모 옮김, 동문선, 2005,
     p. 121.

참고 문헌

루이스 부뉴엘, 『루이스 부뉴엘—마지막 숨결』, 이윤영 옮김, 을유문화사, 2021; 「안달루시아의 개」, 1929; 「비리디아나」, 1961; 「세브린느」, 1967; 「트리스타나」, 1970; 「부르주아의 은밀한 매력」, 1972; 「자유의 환상」, 1974; 「욕망의 모호한 대상」, 1977; 장클로드 카리에르, 『영화, 그 비밀의 언어』, 조병준 옮김, 지호, 1997; 장뤼크 고다르, 『고다르×고다르』, 데이비드 스테릿 엮음, 박시찬 옮김, 이모션북스, 2010; 「국외자들」, 1964; 「알파빌」, 1965; 「미녀 갱 카르멘」, 1983; 「리어 왕」, 1987; 「영화의 역사(들)」, 1998; 장뤼크 고다르·유세프 이샤그푸르, 『영화의 고고학』 김이석 옮김, 이모션북스, 2021; 모리스 블랑쇼, 『카오스의 글쓰기』, 박준상 옮김, 그린비, 2012; 『카프카에서 카프카로』, 이달승 옮김,

그린비, 2013; 크리스 마커, 「태양 없이」, 1982; 세르주 다네, 『영화가 보낸 그림엽서』, 정락길 옮김, 이모션북스, 2013; 조너선 로즌바움, 『에센셜 시네마』, 이두희·안건형 옮김, 이모션북스, 2016; 리처드 라우드, 『영화 열정—시네마테크의 아버지 앙리 랑글루아』, 임재철 옮김, 산지니, 2018; 난니 모레티, 「나의 즐거운 일기」, 1994; 허우샤오시엔, 「남국재견」, 1996; 「밀레니엄 맘보」, 2001; 벅민스터 풀러, 『우주선 지구호 사용설명서』, 이나경 옮김, 열화당, 2018; 프리드리히 키틀러, 『광학적 미디어: 1999년 베를린 강의-예술, 기술, 전쟁』, 윤원화 옮김, 현실문화, 2011; 이토 도시하루, 『최후의 사진가들—20세기말 예술론』, 양수영 옮김, 타임스페이스, 1997; 제시 베링, 『Perv, 조금 다른 섹스의 모든 것』, 오숙은 옮김, 뿌리와이파리, 2015; 장 그레미용, 「폭풍우」, 1941; 에릭 로메르, 「수집가」, 1967; 아바스 키아로스타미, 「체리 향기」, 1997; 「사랑에 빠진 것처럼」, 2012; 오다 가오리, 「다정함을 향해」, 2017; 빔 벤더스, 「시간의 흐름 속으로」, 1976; 「도쿄가」, 1985; 다네 콤렌, 「북쪽의 모든 도시들」, 2016; 위키피디아의 도널드 캠멜Donald Cammell, 루이스 부뉴엘Luis Buñuel, 이시도르 이주Isidore Isou 항목; 정지돈, 『내가 싸우듯이』, 문학과지성사, 2016; 『우리는 다른 사람들의 기억에서 살 것이다』, 워크룸프레스, 2019; 『영화와 시』, 시간의흐름,

2020; 금정연, 『담배와 영화』, 시간의흐름, 2020; 금정연·정지돈, 『문학의 기쁨』, 루페, 2017; 이상우, 『프리즘』, 문학동네, 2015; 『warp』, 워크룸프레스, 2017; 『두 사람이 걸어가』, 문학과지성사, 2020; 오한기, 『의인법』, 현대문학, 2015; 『홍학이 된 사나이』, 문학동네, 2016; 박솔뫼, 『사랑하는 개』, 스위밍꿀, 2018; 『우리의 사람들』, 창비, 2021; 이여로, 『긴 끈』, 기획:1, 2019; 강보원·나일선·김유림, 『셋 이상이 모여』, 이여로 엮음, 기획:1, 2020; 마야 데렌, 『예술, 형식 그리고 영화에 관한 생각들의 애너그램』, 김병철 옮김, 미디어랩 2084, 2018; 마르티나 쿠드리첵, 「마야 데렌의 거울」, 2002; 가이 매딘, 「마이 위니펙」, 2007; 차이밍량, 「거긴 지금 몇 시니?」, 2001; 「안녕, 용문객잔」, 2003; W. G. 제발트, 『이민자들』, 이재영 옮김, 창비, 2008; 『아우스터리츠』, 안미현 옮김, 을유문화사, 2009; 『토성의 고리』, 이재영 옮김, 창비, 2011; 『현기증.감정들』, 배수아 옮김, 문학동네, 2014; 훌리오 코르타사르, 『드러누운 밤』, 박병규 옮김, 창비, 2014; 장루이 뢰트라·수잔 리앙드라 기그, 『영화를 생각하다』, 김영모 옮김, 동문선, 2005; 유운성, 『유령과 파수꾼들』, 미디어버스, 2020; 제임스 모나코, 『뉴 웨이브』 1·2권, 권영성·민현준·주은우 옮김, 한나래, 1996; 앤디 워홀, 『앤디 워홀의 철학』, 김정신 옮김, 미메시스, 2015; 유리 올레샤, 『리옴빠』, 김성일

옮김, 미행, 2020; 발터 벤야민,『일방통행로/사유이미지』, 최성만·김영옥·윤미애 옮김, (도서출판)길, 2007; 가토 미키로우,『영화관과 관객의 문화사』, 김승구 옮김, 소명출판, 2017; 에밀 시오랑,『태어났음의 불편함』, 김정란 옮김, 현암사, 2020; 기 드보르,『스펙타클의 사회』, 이경숙 옮김, 현실문화, 1996.

다음의 목록은 이 책을 쓰는 동안 참고했거나 직접적으로 참고하진 않았더라도 영향을 받았던 것을 기억나는 대로 작성한 것이다. 영향의 위계는 중요하게 생각하지 않았고 빠진 이름도 있을 것이다. 이 목록은 언제든 수정되고 추가될 수 있다.

사물들의 극장

금정연
(서평가)

고전적인 사실주의와 작별하십시오.

논리가 유령과 함께 어둠 속으로 무너지고 있습니다.

—하워드 비락°

어떤 책은 읽도록 씌어지지 않았고 어떤 삶은 살도록 설계되지 않았다.°° 물론 우리는 읽도록 씌어지지 않은 책을 읽을 수 있고 살도록 설계되지 않은 삶을 살 수도 있다.

벌써 10개월 넘게 나일선의 소설을 읽고 있다. 그런데

°   영화 「프린스 오브 다크니스」(존 카펜터, 1987); 류한길의 『프린스 오브 다크니스』(미디어버스, 2018), p. 17에서 재인용.

°°   본문에서 인용한 부분은 고딕체로 표기했으며 작품명과 페이지 수는 명기하지 않았다.

그걸 읽는다고 할 수 있나. 처음에는 그랬던 것 같다. 왼쪽에서 오른쪽으로, 한 번에 한 단어씩, 익숙한 속도로 페이지를 넘겼는데. 거듭해서 읽을수록 속도는 점점 빨라졌고, 동시에 건너뛰거나 되돌아가거나 반복하거나 틈에 걸려 넘어지는 일이 잦아졌다. 단어들은 문법 바깥의 단어들을 불렀고, 문장들은 더 이상 선형적일 생각이 없다는 듯 뒤섞이며 새로운 경로를 만들어냈다. 교정지가 너덜너덜해졌지만 뭐, 괜찮다. 이제 나는 그것을 보지 않고도 나일선의 소설을 읽을 수 있게 되었으니까.

토마스 베른하르트는 책을 읽지 못하게 방해하는 가족들을 피해 도망친 어린아이의 이야기를 들려준다. 어두운 서재에서 무작정 손을 뻗어 책 한 권을 집어 들고 좁은 탑으로 도망간 아이는 사형 집행인 같은 가족들과 성가신 모기떼를 피하기 위해 불도 켜지 않고 덧문도 열지 않은 깜깜한 탑의 어둠 속에서 몽테뉴를 읽는다. 언제나 불도 켜지 않은 채 책상 하나뿐인 창고에 처박혀 뭔가를 읽°는 장처럼, 더없이 터무니없는 방식으로.°° 말하자면 그것이 어떤 책은 읽는 게 아니라 바라보는 거라고, 마치 풍경처럼 눈을 감고도 읽을 수 있어야만

° "장은 한 손에는 몽테뉴를 다른 한 손에는 시가를 들고 있었다."

°° 엘렌 식수, 『글쓰기 사다리의 세 칸』, 신해경 옮김, 밤의책, 2022, p. 53.

한다는 상우의 충고를 따라 지난 몇 달 동안 내가 나일선의
소설을 읽은 방식이다.

조엘은 스페인어로 타이핑된 부뉴엘의 원고에 손을 올
리고 생각한다. 번역이 무슨 의미가 있나, 그건 가능성을 죽이
는 일이야. 나는 조엘의 생각에 나의 것을 겹치듯 올려놓는
다. 그럼 해설은 뭐지? 가능성들의 무덤?

죽음(195번 등장)은 나일선이 천착하는 단어들 중 하나
다. 표준국어대사전에 따르면 '천착-하다²'에는 세 가지 뜻이
있다. 하나, 구멍을 뚫다. 둘, 어떤 원인이나 내용 따위를 따
지고 파고들어 알려고 하거나 연구하다. 셋, 억지로 이치에
닿지 아니한 말을 하다. 나는 지금 첫번째 의미를 생각하고
있다. 나일선은 구멍을 뚫고, 드나들게 한다. 무엇을? 티머
시 모턴은 리오타르에게 있어 실재와 현실의 경계에는 수많
은 구멍이 나 있다고 말한다. 물질이 그 구멍을 통해 새어 나
오기 때문에 실재는 단순히 현실 내의 공백과 비일관성으로
나타나지 않는다는 것이다. 세계들은 구멍이 뚫려 있고 침투
가능한데 우리가 세계를 공유할 수 있는 것은 이 때문이다.
개체들은 정확히 그 개체에 접근하는 자가 원하는 대로 반응
하지 않는다. 그 이유는 어떠한 접근 양식도 개체들을 완전
히 압축적으로 감싸지 못하기 때문이다. 세계들은 구멍으로
가득 채워져 있다.° 하지만 우리는 구멍들을 인식하지 못하

고, 스스로 의식하지도 못한 채 이러저러한 믿음과 공포 같은 뇌의 자동 보정 기능으로 그것을 메운다. 그러니 다시 말하자. 나일선의 일은 없던 구멍을 새로 뚫는 것보다는 존재하는 세계들의 구멍을 가린 스크린에서 우리의 시선을 살짝 옆으로 돌리는 것에 더 가깝다. 어떻게? 내가 죽었다는 소식을 들었을 때도 나는 내가 썼다는 책을 읽고 있었는데 도무지 알아먹을 수가 없었기에 나란 인간이 애초에 없다는 사실조차 납득할 수 있을 정도였다거나 내가 처음 이 영화를 봤을 때 스무 살이었어. 10년 전이었고 지금은 더 어려졌어. 그럼 이제 내 나이는? 난 지금 몇 년도에 있나? 같은 '이치에 닿지 아니한 말'들을 통해서. 그때 우리 시야의 바깥쪽 구석에 세계와 지구의 틈새, 일탈, 공백, 다시 말해 구멍을 가득 채우고 넘쳐흐르는 암흑의 가지적可知的 심연°°이 역설적인 모습을 얼핏 드러내는 것이다.°°°

○ 티머시 모턴, 『인류 ─비인간적 존재들과의 연대』, 김용규 옮김, 부산대학교출판문화원, 2021, pp. 34~35.

○○ 유진 새커, 『이 행성의 먼지 속에서─철학의 공포』, 김태한 옮김, 필로소픽, 2022, p. 16.

○○○ 유진 새커를 요약하는 정지돈에 따르면 "우리가 사는 세계는 우리에-대한-세계world-for-us이다. 이는 인간에 의해 해석되고 의미부여된 세계다. 그러나 실재 세계는 인간의 시도에 맞서 종종 반격하고 저항한다. 이해의 수준을 넘어서는 실재의 균열. 이런 세계를 세계-

어둠을 들여다보는 게 순서가 아니겠냐고 말하진 않았지만 말하고 싶은 것처럼 어둠만을 가리키며, 멈추면 거기가 질문이 되는 것 같아, 우리가 헤맸기 때문에 질문이 되는 것 같아, 여긴 아무것도 없어 이젠 문을 닫은 극장뿐이야.

세 사람이 걸어가

나일선에게는 세 가지 시간이 있다. 극장에 가는 나일선, 극장에 간 나일선, 극장에 갔던 나일선. 그리고 이 세 명은 서로 다른 사람입니다. 그런데 그들은 정말 사람인가? 나일선의 대답: 저는 더 이상 사람을 믿지 않습니다. 저는 인간은 더 이상 존재하지 않는다고 믿습니다. 그 믿음이 저를 존재하게 만듭니

자체world-in-itself라고 부른다. 이때 세계-자체는 가능성의 지평을 구성한다. 가능성의 지평은 사유의 한계 지점, 우리가 사유할 수 있는 마지막 단계다. 그러나 유진 새커는 여기서 한발 더 나가길 제안한다. 그것은 바로 우리-없는-세계world-without-us로 이 세계는 세계로부터 인간을 뺀 것이다. 한계 이후, 우리의 사유와 해석, 의미 너머의 세계. 그런데 우리가 이것을 사유할 수 있을까?"[정지돈, 「한국 영화에서 길을 잃은 한국 사람들 (18)」, KMDb 영화글. (https://www.kmdb.or.kr/story/416/7029)]. 따라서 이것은 역설적인데, "드러나는 것은 세계의 '숨음' 자체"(유진 새커, 같은 책, p. 85)이지 세계-자체가 아니기 때문이다.

다. 그렇다면 그것은 어떤 나일선인가?

서두를 필요는 없다. 나일선의 소설에 접근하기 위해 내가 헤맸던 장소들을 되짚어보는 게 도움이 될 것 같다. 시작은 영화(295번 등장)였다. 루이스 부뉴엘, 장뤼크 고다르, 장마리 스트로브, 아바스 키아로스타미, 오타르 이오셀리아니, 마야 데렌과 또 다른 이름들. 그런데 이름들이 너무 많아. 죽음으로 배운 이름들. 죽음과 구분되지 않는 이름들. 우리를 기억하는 너무 많은 이름(74번 등장)들 속에서 서성이고 있는데 장이 죽었다는 소식이 들렸다. 장이라니? 어떤 장을 말하는 겁니까? 내가 먼 발치에서 바라보고 있는 동안 또다시 장이 죽었고, 장이라니 어떤 장을 말하는 건데? 자살한 장조차 나의 세계에서는 아직 죽지 않았기 때문에 내가 물었고, 자살이 아니었어, 그는 그냥 잠들어버린 거야. 그리고 그냥 깨지 않기로 한 것뿐이야.

그렇다면 다음은 잠(54번 등장)과 꿈(100번 등장)이어야겠지만 그것은 좀처럼 말하기 어려운 것이다. 영화는 꿈의 번역이며 이 글은 그 번역의 번역이라면 이것은 다시 그 번역의 번역의 번역이 될 것이므로. 저 멀리 보이는 꿈에 대해 생각하느라 삶을 다 쓴 것 같고 내겐 더 이상 어리석을 시간이 없다. 시간이라고? 그래, 어쩌면 시간(71번 등장)이야말로 내가 찾던 열쇠인지도 몰라. 기억(147번 등장), 약속(21번 등장), 기다림(66번 등장)과 믿음(95번 등장)은 모두 나일선의 단어들이고 그것은 시간 위에서만 가능하니까. 1장에서 총이 등장했다면 2장이나 3장에서는 총알이 발사돼야 한다는 체호프의 아이디어는 이내 이야기의 제작과 소비에 적용되는 표준규격이 되었다. **총을 보면 우리는 총소리를 기대한다.** 총의 등장을 기억하고, 그것을 약속으로 간주하며, 언젠가 쏘아질 거라는 믿음과 함께 기다리는 것. 그건 가능성의 집단 학살이고 결국 고전적인 사실주의란 홀로 살아남은 가능성이 왕관을 차지하고 모든-것이-마치-그래야-했던-것처럼 스스로 개연성을 부여하는 승자의 서사에 다름 아니다. 나일선이 원하는 건 **비합리성이라는 이름으로 닫혀 있는 모든 문을 열리게 만드는 것이다.** 몇 가닥 서사에 엮이지 않은 기억의 가능성, 약속의 가능성, 기다림의 가능성, 믿음의 가능성, 그리고 총(26번 등장)의 가능성. 인과관계의 도미노 운동으로 회수되지 않는 가능성들의 가능성. 오해하면 안 된다. 나는 나일선의 총이 쏘아지지 않는다는 말을 하려는 게 아니다. 총은 언제든지 쏘아지거나 쏘아지지 않을 수 있고, 총소리가 들리기 위해서 반드시 총이 필요한 것도 아니다. 필요한 건 다른 시간(들)이다. 단순히 선형적이지 않은 것만으로는 충분하지 않다. 그는 이야기의 요소들을 시간 축 위에 나열하는 대신 시간 축 자체를 포개어 접고 겹쳐 쌓으며 서사적 축적에서 벗어나 시간의 고립된 비서사적 순간을 확장°

시킨다. 더블. 도플갱어. 이중 인화, 그림자가 나를 대신하고, 나와 당신이 맺은 약속은 유예된다.[○○]

그러니 이렇게 말해야겠다. 나일선에게는 세 가지 시간이 있다. 극장에 가는 나일선, 극장에 간 나일선, 극장에 갔던 나일선. 이 세 명은 서로 같지 않지만 그들의 시간은 겹쳐 있다. '천착—하다²'라는 단어에 세 개의 뜻이 겹쳐 있는 것처럼. 혹은 과거로부터 미래로 올 때까지의 모습이 동시에 비치는 「엉클 분미」의 스크린처럼. 차이가 있다면 나일선에게 그것은 스크린이 아닌 어둠이라는 사실이다.

목소리는 어디에서나 온다

정연 씨, 나일선 해설은 다 썼어요? 적당히 식은 커피를 마시며 정지돈이 물었다. 반쯤 썼어요. 제목은 '소리는 어디에서나 온다Sound from Anywhere'. 사실 제목만 썼지만 시작이 반이니까요. 내가 대답했다. 그러자 정지돈은 고개를 갸

○   루이 추데-소케이, 『사탄 박사의 반향실—레게, 기술 그리고 디아스포라 과정』, 강덕구 옮김, 미디어버스, 2022, p. 55.
○○ modern_kbox, 「짐 오루크-기능? (III)」, 〈한국예술종합학교신문〉 2020년 5월 27일 자. (http://news.karts.ac.kr/?p=8091)

웃했다. 그 제목이 나일선 소설이랑 무슨 상관이 있어요?

처음 내가 생각했던 건 나일선이 시간 축을 겹치는 방식이 레코딩된 음악 위에 덧붙여 녹음하며doubling, dubbing 에코와 리버브, 딜레이 등을 통해 음향적 리얼리티를 조작하고 때로는 새소리, 천둥소리, 물 흐르는 소리나 심지어 프로듀서가 뮤지션들에게 지시하는 소리 같은 소음들을 삽입하여 사운드스케이프를 증폭시키는 덥dub의 방법론°과 유사하다는 것이었다. 덥으로 인해 시간성의 이음매가 어긋나면서, 현실을 지탱하던 시간들이 뒤엉킨다. 폭파된 댐에서 시간이 방출되면서 현실은 점차 내부의 균형을 잃기 시작한다. 시간의 급류에 휩쓸린 우리는 우리와 꼭 닮았지만, 더 사악하고 공포스러운 도플갱어—세계로 흘러 들어간다. 내가 듣고 있는 소리는 도대체 어디에서 온 소리인가?°°

과장하지는 말자. 여기는 H.P. 러브크래프트의 세계가 아니고 우주에서 온 소리The Sound Out of Space는 오늘 나의 관심사가 아니다. 프리드리히 키틀러에 따르면 문학이 발화된 소리의 시퀀스를 저장하려면 이를 먼저 26개의 알파벳 체

° 이 글 역시 어느 정도 덥의 방법론을 차용하고 있다. 자세한 내용은 위키피디아의 'Dub music' 항목 참고. (https://en.wikipedia.org/wiki/Dub_music)

°° modern_kbox, 같은 글.

계 속에 붙잡아야 하는데 여기에서 소음의 시퀀스들은 처음부터 배제된다.° 괴테는 다음과 같이 썼다. 문학이란 파편들의 파편이다. 일어나고 말해진 것 중 아주 작은 부분만이 쓰여지고, 쓰여진 것 중에서도 아주 작은 부분만이 남게 된다.°° 따라서 나일선의 소설에서 증폭되는 건 극히 일부의 특정한 소리, 바로 목소리다. 목소리는 널리 퍼져 있다. 말 또는 노랫소리로서가 아니라, 말해지건 외쳐지건 콧노래로 불리건 또는 속삭여지건 간에 **목소리**로서 말이다.°°°

영화에서 중요한 것은 이동 그 자체이며, 어딘가로 가고 있다는 감각만이 중요한 것 같다면 때때로 나일선의 소설에서 중요한 건 목소리 그 자체이며, 누군가와 이야기를 나누고 있다는 감각만이 중요한 것처럼 느껴지기도 한다. 인물들은 카페에서 사람을 만나듯 영상들과 대화하고 영화가 시작되면 눈을 감아버리며 얘기하면 누군가 들어주지 않을까, 하는 믿음으로 계속해서 이야기를 하기도 한다. 무슨 이야기? 자기가 죽

○   물론 1800년경의 사람들은 '문학적'으로 배열된 알파벳을 읽으며 "시각적인 것을 보고, 청각적인 것을 들었"다. 하지만 그건 다른 이야기다. 자세한 내용은 프리드리히 키틀러의 『축음기, 영화, 타자기』(유현주·김남시 옮김, 문학과지성사, 2019) 참고.
○○   프리드리히 키틀러, 같은 책, p. 21에서 재인용.
○○○ 미셸 시옹, 『영화의 목소리』, 박선주 옮김, 동문선, 2005, p. 11.

었다고 생각하는 사람과 자기가 죽은지도 모르는 사람이 만나서 대화하는 이야기. 뭔가를 찾는 사람과 뭔가를 잃은 사람이 만나서 대화하는 이야기. 여전히 꿈에서 깨지 못하고 있는 사람과 꿈에서만 사는 사람이 만나서 대화하는 이야기. 아무것도 믿지 못하는 사람과 믿음으로 가득한 사람이 만나서 대화하는 이야기……

덥은 발화 행위가 아니다. 이는 기계적인 공간을 건축하는 것이다,°라는 루이 추데-소케이의 지적처럼 오버더빙overdubbing 자체는 발화가 아니다. 세계들의 구멍을 가리고 있던 일직선으로 흐르는 단일한 시간이라는 고정관념이 접히고 겹치고 쌓이며 공간이 만들어진다. 구멍에서 새어 나온 목소리들이 그곳을 채우며 대화를 나눈다. 우리와 꼭 닮았지만, 더 사악하고 공포스러운 도플갱어-세계라는 위계의 구분이 여기에는 없다. 피를 가진 사람은 피를 쏟고 삶을 가진 사람은 눈물을 쏟고 그런 게 없는 사람°°이 말을 쏟는다. 말을 **하**

°   루이 추데-소케이, 같은 책, p. 21.

°°   피와 삶이 없는 사람이라는 개념은 사람이라는 단어가 "모든
        존재자들에게 적용될 수 있는 유령적 범주"라는 모턴의 주장을
        떠올리게 한다. "'유령'은 '환영appraition'을 의미할 뿐 아니라
        '무시무시한 객체'를 의미할 수도 있고, '환상'을 의미할 수도 있고,
        '사물의 그림자'를 의미할 수도 있다"(티머시 모턴, 같은 책, p. 95).

는 우리가 존재하는 게 아니라 목소리**라는 우리**가 존재한다. Je suis ta voix(나는 당신의 목소리입니다), 대화 없는 삶, 삶 없는 대화, 어느 쪽을 택해야 하느냐고. 하지만 그건 더 이상 양자택일의 문제가 아니고, 그리하여 우리는 나일선의 소설-공간에서 망령, 유령, 좀비, 죽지 않은 자 및 다른 애매한 존재자들**로서**, 그리고 그런 존재자들**과 더불어** 공존°하는 사람들을 발견한다. 존재하는 모든 것들이 동일한 존재론적 지위를 가지는 세계.°° 그런데 거기가 어디라고?

목소리는 신체에 정주하지만 속박되지 않고, 방향이 고정된 영상과 달리 전방위적이다. 그렇기에 가청 공간 안에 있는 사람은 모든 곳에서 흘러나오는 목소리를 들을 수 있다, 라고 이화진은 말한다. 인간의 목소리가 정주하는 곳이 신체이고, 그 신체가 존재하는 곳이 영화적 공간이라면 목소리가 구조화하는 공간에 대한 논의는 텍스트의 차원을 넘어서 다층적으로 전개된다. 목소리가 갖는 공간의 지배력은 스크린에만 한정되지 않기 때문이다. 따라서 영화의 목소리는, 메리 앤 던도 제안했듯이, 디제시스digesis의 공간이자, 스크린의 가시적 공간이며, 관객의 청각적 공간인 동시에 이 모든

○   같은 책, p. 96.

○○   스티븐 샤비로, 『사물들의 우주―사변적 실재론과 화이트헤드』, 안호성 옮김, 갈무리, 2021, p. 19.

것을 아우르는 메타 공간으로서 설정된 극장과의 관계에서 고찰되어야 한다.°

영화를 보다가 극장이 돼버림

그래서 우리는 극장(45번 등장)을 찾았다. 모턴의 표현을 빌리자면 인간 욕망의 투사가 스스로를 다른 모든 것의 텅 빈 스크린 위에 펼쳐놓는 시네마가 상영되는 곳. 이것이 새커가 정확하게 우리에-대한-세계라고 부른 것이다. 플라톤의 동굴과 다른 점은 우리가 결코 동굴 바깥의 '실체' 같은 걸 볼 수 없다는 사실이다. 말이 나와서 말이지만 그것은 조금 고약한 픽션이다. 그림자와 실체의 이분법으로 세상을 바라볼 때 우리는 동굴에 함축된 따뜻하고 어둡고 촉감적인 친밀감을 간과할 수밖에 없다. 모턴은 말한다. 우리는 인형사, 우리가 볼 때 뒤에서 돌아가는 인형들, 그들이 돌보는 불꽃, 또는 불꽃을 피우는 데 필요한 장작에 대해서 전혀 동료심을 느끼지 않는다. 이것은 환상에 빠져 있는 것이 아니라 환

°   이화진, 『소리의 정치—식민지 조선의 극장과 제국의 관객』, 현실문화, 2016, p. 28.

상과 놀이가 펼쳐질 여지를 전혀 열어놓지 않는, 억압적이고 지겨운 현실에 갇혀 있는 것이다. 유일한 목적은 존재를 유지하는 것이다. 이는 잔인하고 지겹게 들린다.°

대부분의 우리는 모턴의 충고를 따라 스크린을 둘러싼 주변을 보는 대신 영화를 빨리 감기로 본다. 그렇게 하면 언젠가는 회전력에 의해 지겨운 현실에서 튕겨 나갈 수 있기라도 한 것처럼. 하지만 우리를 기다리는 건 늘 같은 엔딩, 늘 같은 현실일 뿐이다. 나일선은 이것을 간단하게 뒤집는다. 무척 쉬운 일이야. 영화를 보다가 넌 그냥 잠들기만 하면 돼. 영화가 시작되면 눈을 감아버리면 돼. 그게 어떤 영화인지 잊어버리기만 하면 돼. 넌 이게 삶이 아니었다는 걸 잊어버리기만 하면 돼. 감은 눈의 어둠은 스크린을 둘러싼 극장의 어둠과 이어지고 이윽고 목소리가 쏟아지며 뒤섞인다. 바로 그곳이 나일선의 사람들이 도착하는 곳이다. 그들은 극장이 되는 꿈을 꾼다. 그리고 다음 순간, 이렇게 말하기 위해서는 아주 약간의 용기가 필요한데, 그들은 극장이 꾸는 꿈이 된다.

사실 필요한 건 논리가 아니라 우리 인식 체계의 변화다.

인간이 인간을 이해하려면 반드시 인간을 관계 맺을 수 있는 어떤 객체로 변화시켜야 하고(심리학, 사회학), 인간이

°　티모시 모턴, 같은 책, p. 69.

객관적 세계 자체와 관계 맺으려면 반드시 세계를 인간적 관점에서 친숙하거나 접근 가능하거나 직관적인 것으로 변화시켜야 한다(생물학, 지질학, 우주론). 새커는 여기에 또 다른 길이 열려 있다고 말한다. 그것은 비인간 자체의 관점이다. 생각하는 체화된 존재인 우리는 우리를 구성하는 주체-객체 관계에서 완전히 벗어날 수는 없다. 따라서 이것은 의심의 여지없이 역설적인 이동이다. 사실 이 길은 애초부터 실패할 운명이다. 그렇지만 비록 그 너머에 침묵만이 있다고 해도, 이 길은 언급할 가치가 있다.°

우리가 지켜야 할 건 리얼리티가 아니고, 그렇게 생각하면 잃어버린 것도 실패한 것도 아무것도 없어요,

역설적 이동, 혹은 수행적 모순을 철학적으로 극복하거나 환원시키기보다는 포용할 필요가 있다. 적절하게 상황화된 수행적 모순은 핵심적이며, 심지어 피할 수 없거니와 오히려 필요하다. 이것을 일종의 **확장적 또는 역설적 실용주의**라고 부르겠다,°°라고 말하는 샤비로를 따라서 나는 이것을 일종의 확장적 또는 역설적 리얼리즘이라고 부르고 싶다. 그것은 왜곡을 제거하는 필터링을 통해 가능성을 사살하는 고

○   유진 새커, 같은 책, p. 52.
○○   스티븐 샤비로, 『탈인지—SF로 철학하기 그리고 아무도 아니지 않은 자로 있기』, 안호성 옮김, 갈무리, 2022, p. 174. 강조는 인용자.

해설 | 사물들의 극장   263

전적 리얼리즘과 달리 가능성을 증폭시키기 위해 그런 왜곡을 기꺼이 받아들이는 메커니즘이다.° 그곳에서는 극장의 꿈을 꾸던 사람들이 극장이 꾸는 꿈이 되는 일도 비일비재하다. 그렇게 함으로써 사물들은 **우리에 대해서** 존재할 뿐만 아니라, 또한 우리를 놀라게 하고 당황하게 만들 방식으로 **자신에 대해서** 그리고 **서로에 대해서** 존재하게 되는 것이다.°°

이제 더 이상 영화는 꿈의 번역이 아니며 나일선의 소설은 그 번역의 번역이 아니다. 영화는 극장의 벽에서 울리는 꿈의 반향이고 나일선의 소설은 그 반향의 반향이며 이 글은 반향의 반향의 반향이므로. 멀어지는 대신 증폭하기. 우리 관심의 주변을 배회하면서 우물거리는 객체들의 흑색 잡음을 듣기.°°°

리얼리즘이란 사물들이 어떻게 현실적인가 하는 것이 아니라 사물들은 실제로 어떤가에 관한 것입니다, 사물들이 가진 사물들의 측면, 사물들도 잊어버린 사물들의 특성. 그런 걸 발견해야 한다고, 그런 걸 발견이라고 말할 수 있다면,

°   이언 보고스트, 『에일리언 현상학, 혹은 사물의 경험은 어떠한 것인가』, 김효진 옮김, 갈무리, 2022, p. 142.
°°   같은 책, p. 113.
°°° 같은 책, p. 78.

Cookie

　낯선 시선으로 바라본다는 것 자체가 원인을 만들어내는 것 같다고, 발견에는 어떤 책임이 있는 것 같다는 생각에 여기까지 왔다고, 그는 스스로에 대한 영화를 만든 것 같다고 주인공도 자신이고 각본도 연출도 촬영도 질문도 대답도 미스터리도 기승전결도 형식도 한계도 관객도 모두 자신인, 그런 게 가능하고 싶었던 게 아닐까 싶어요,

　타인의 말을 너무 이해하고 싶어서 타인이 되어버린 사람을 생각했어.

　달라진 건 아무것도 없어 그저 우리는 하나의 시각을 얻은 거야

　그는 발견이란 새로운 대상을 찾아내는 데 있는 것이 아니라 이미 존재하는 대상 사이의 새로운 관계를 찾아내는 데 있다고 했다. 그렇기에 가는 사람의 뒷모습은 오래 봐야 한다고 그들은 가고 있으니까. 한 번도 사용되지 않은 말로 우리는 발견될 수도 있고 꿈의 흔적이 결국 우리를 만든다.

　나일선은 언젠가 이렇게 썼다. 그런 방식으로만 읽기가 가능한, 있는지도 몰랐던 우리의 관점을 되찾았을 때 비로소 보는 것이 가능한 책에 대해 생각해보는 것. 그것이 책이 될 수 있는지 아닌지는 중요하지 않다. 어디가 시작인지 끝인

지 아는 것도 중요하지 않고, 누가 쓰고 있고 누가 읽고 있는지, 그 사람이 죽었는지 살았는지, 새로운지 낡았는지, 심지어 우리가 그것을 할 수 있는지 없는지조차 중요하지 않으며 필요한 것은 바로 구분에서 벗어나는 일이다. 그런 구분으로부터 자유로워졌을 때, 비로소 보게 될 수 있을 것이며, 아니, 본다는 것에서 자유로워질 수 있을 것이다.° 이젠 **조용해질 수도 있고 들려? 들을 수 있어?**

°   나일선, 「그 자체로」, 『문학과사회 하이픈』 2022년 여름호, pp. 96~97.

작가의 말

　「개들만이 안달루시아에 산다」 「상우가 말하길」 「산책하는 자들은 약속하지 않는다」 「영사기사를 쏴라!」 이 네 편의 소설은 지금은 사라진 웹진 〈던전〉에 연재한 후 『셋 이상이 모여』에 실었던 것을 다시 고친 것이며, 「남국재견에서」는 역시나 지금은 사라진 차현지 작가의 웹진 〈SRS〉에 실었던 소설과 문예지 『공통점』에 발표했던 짧은 소설을 하나로 묶어 다시 쓴 것이다. 소설 곳곳에 등장하는 루이스 부뉴엘에 대한 이야기는 장클로드 카리에르가 쓴 흥미로운 책 『영화, 그 비밀의 언어』와 『셋 이상이 모여』 출간 이후 번역된 『루이스 부뉴엘―마지막 숨결』을 참고했으며 책에 나오는 부뉴엘에 대한 흥미로운 일화나 말들보다 더 인용하고 싶었던 것은 그의 태도였고, 「개들만이 안달루시아에 산다」에서 조엘피터 윗킨에 대한 이야기는 이토 도시하루의『최후의 사진가들』에 나오는 이야기를 부분적으로 참고한 것이다. 「영사기사를 쏴라!」는 데라야마 슈지의 영화 평론집 제목인데 아직 국내엔 번역되지 않았으며 그가 쓴 고다르에 대한 내용을 읽어보고 싶다는 생각을 하다가 같은 제목의 소설을 쓰게 되었다. 「From the Clouds to the Resistance」는 장마리 스트로브와 다니엘 위예가 만든 동명의 영화가 보고 싶다는 생각으로 쓴 것이며, 「나는 이미 내가 가지고 싶은 모든 것이다」는 오쿠하라 히로시의 영화 「타임리스 멜로디」가 보고 싶어서 쓴 것이고 제목은 다네 콤렌이 만든 단편 영화에서 가져온 것이다. 소설집의 제목은 니컬러스 레이의 유작으로 알려져 있는 동명의 영화 「우린 집에 돌아갈 수 없어We Can't Go Home Again」(1973)에서 가져온 것이다. 나는 아직도 그 영화들을 보지 못했다. 그 이름들은 달라질 수도 있고 지금이라면 스와 노부히로나 이가라시 고헤이, 이시도르 이주, 에드가 페라 혹은 마크 래파포트에 대해 썼을지도 모르겠다. 박솔뫼는 언젠가 보고 싶은 것들을 보고 싶다고 자꾸 얘기하면 언젠가 꼭 보게 될 수 있지 않을까, 얘기하면 누군가 들어주지 않을까, 하는 믿음이 있다고, 저는 그런 믿음을 가지고 살고 있어요,라고 말한 적이 있는데 그 믿음이 좋아서 나도 믿기로 했다. 그런 의미에서 내가 지금 보고 싶은 건 금정연

이 기획한 '박솔뫼의 맛 따라 멋 따라'인데 박솔뫼의 김치볶음밥 레시피도 대공개! 박솔뫼가 척척 만들어서 박솔뫼가 챱챱 먹는다 먹으면서 얘기를 할 수도 있고 안 할 수도 있다. 맛이 있네요 없네요 없어도 그냥 먹다 보면 먹을 만해요 근데 맛이 없는 건 아니에요 꽤 맛이 있고 좋아요 다른 분들은 어떨지 모르겠지만 전 좋네요 전 이렇게 먹는답니다 호호호 혹은 박솔뫼의 내 맘대로 부산 투어! 박솔뫼와 함께 길을 잃기, 어떨까…… 쩔 것 같다. 마세도니오 페르난데스의 글은 앞으로 쓸 소설에 대한 약속과 예고로 가득했으며 그것만으로도 충분하다고 생각했던 것 같고 그런 의미에서 삶은 쓰기로 계획한 글과 아직 보지 못한 영화로 이루어져 있는 것 같다. 그런 생각을 하다 보면 본다는 건 그렇게 중요하지 않은 건지도 모르겠다.